Galsan
Tschinag

# Das Ende
# des Liedes

*Zu diesem Buch*

Die dreizehnjährige Dombuk versucht mit all ihrer Willenskraft eine Stute, die ihr Fohlen verloren hat, dazu zu bringen, ein verwaistes Fohlen anzunehmen. Nicht nur ihr Wissen über die Tiere hilft ihr dabei, sondern auch Lieder, mit denen sie die Stute beschwört. Aber ist sie selbst nicht genauso allein wie das Fohlen? Seit dem Tod der Mutter ist der Vater oft tagelang unterwegs. Dombuk muß sich allein um die drei jüngeren Geschwister kümmern. Doch eines Tages stellt Gulundschaa, die Jugendliebe des Vaters, ihre Jurte ganz in der Nähe auf.

»Die Schönheit der Erzählung wächst aus der Kraft ihrer Bilder. Ich kenne keinen Schriftsteller, der zur Zeit so genau wie Galsan Tschinag den Strom einer Erzählung in fast schmerzhafte Stromschnellen verwandeln kann, um ihn dann wieder idyllisch dahinfließen zu lassen.« *Hark Bohm, Die Zeit*

*Der Autor*

Galsan Tschinag, geboren 1943 in der Westmongolei, ist Stammesoberhaupt der turksprachigen Tuwa. Er lebt den größten Teil des Jahres in der Landeshauptstadt Ulaanbaatar und verbringt die restlichen Monate abwechselnd als Nomade in seiner Sippe im Altai und auf Lesereisen im Ausland. Seine Romane, Erzählungen und Gedichte schreibt er meist auf Deutsch. Galsan Tschinag erhielt u.a. 1992 den Adelbert-von-Chamisso-Preis und 2001 den Heimito-von-Doderer-Preis. 2002 wurde ihm das Bundesverdienstkreuz verliehen.

Im Unionsverlag sind außerdem lieferbar: »Dojnaa«, »Die Karawane«, »Tau und Gras«, »Der Wolf und die Hündin« und »Im Land der zornigen Winde« (mit Amélie Schenk).

Galsan
Tschinag

# Das Ende des Liedes

Unionsverlag
Zürich

Die Originalausgabe erschien 1993 im A1-Verlag, München

*Auf Internet*
Aktuelle Informationen
Dokumente, Materialien
*www.unionsverlag.com*

Unionsverlag Taschenbuch 205
Diese Ausgabe erscheint mit freundlicher Genehmigung
des A1-Verlags, München

Rieterstrasse 18, CH - 8027 Zürich
Tel. 0041-1-281 14 00, Fax 0041-1-281 40 00
mail@unionsverlag.ch

Umschlaggestaltung: Heinz Unternährer, Zürich
Umschlagbild: Michel Zumbrunn
Druck und Bindung: Clausen & Bosse, Leck
ISBN 3-293-20205-5

Die äußeren Zahlen geben die aktuelle Auflage
und deren Erscheinungsjahr an:
2 3 4 5 6 7 - 07 06 05 04

*Gib deine weiße, weiße Milch, Mutter!*
*Lösch den roten, roten Brand aus,*
*Den Durstbrand, der brennt auf der Zunge,*
*Auf der Zunge deines armen Kindes,*
*Guruj-guruj-guruj!*

Die Stimme des Mädchens klang hell, einsam und aufwühlend. Doch die Mutter, die blaugraue Stute, blieb in der Haltung, in der sie nun schon den zweiten Tag stand: mit gesenktem Kopf und geschlossenen Augen; ihre Unterlippe berührte fast das tote Fohlen, das erstarrt dalag, dessen Beine sich vom Boden abhoben und gleich Aststummeln eines toten Baumes gen Himmel zielten. Das andere, das lebendige Fohlen schien entmutigt, wagte nicht mehr, sich dem Euter der fremden Mutter zu nähern. Es stand widerstrebend und leise zitternd dort, wo man es festhielt: unter dem Bauch der Blaugrauen, und schielte abwechselnd bald auf die Zitzen und bald auf die behuften Füße vor sich, welche, wären sie nicht gefesselt gewesen, es längst hätten zertrümmern und zerfetzen können. In langen Abständen gingen die Augen der Stute auf, es kamen Tränen, und ein durchsichtiger, heller Ring über jedem der Augäpfel schwoll an, lief zu einem Tropfen zusammen und fiel dann glitzernd auf das Fohlen herab. Doch die Tränen waren nicht das Ergebnis des Gesanges. Das Ziel der menschlichen Bemühungen war die Herstellung einer Brücke zwischen den Tränen, die seit zwei Tagen und Nächten flossen, und dem Gesang, der seit den Morgenstunden klang. Es war inzwischen später Nachmittag geworden, und der Gesang ging und floß an den Tränen vorbei, er verschwendete sich sinnlos wie jene auch. Die Stute blieb unerschütterlich. Sie war unbeeinflußbar. Der Panzer, hinter dem sie ihre Tierseele versteckt hatte, war nicht zu durchdringen, und so war die Seele, auf die der Gesang zielte, unerreichbar. Noch mehr: Die Strophen, die das Mädchen aus dem Stegreif erfand und in Melodie verwandelt auf die Stute hinsang, vermochten nicht nur den Panzer nicht zu durchbrechen, sie schienen auch darauf haftenzubleiben, als eine Art Schutzschicht zu erhärten und so der Sache eher zu schaden als zu helfen. Denn mit der Stute ging eine Veränderung vor sich: War sie am Anfang, als sie das Maul des fremden Fohlens an ihrem Euter spürte, wiehernd davongesprungen und hatte nach ihm ausgeschlagen und darauf jedesmal, wenn sie seinen Atemhauch witterte, gezittert wie vor einer großen Gefahr, so stand sie nun still und teilnahmslos da, schien betäubt und erstarrt.

*Gib deine weiße, weiße Milch, Mutter!*
*Erhelle damit die schwarze, schwarze Nacht,*
*Die Seelennacht, die brütet über dem Leben,*
*Über dem Leben deines armen Kindleins,*
*Guruj-guruj-guruj!*

Die Stute blieb taub, ihr Körper war erstarrt, ihre Seele erkaltet, sie war uneinnehmbar, ein Fels. Und da es so war, so schien dem Mädchen, waren auch Himmel und Erde erstarrt, selbst der Wald, der grünte, selbst der Fluß, der floß, selbst der Wind, der blies, selbst diese harrten stumm und reglos. Ihr Gesang war machtlos. In Wirklichkeit war die Natur, das große Leben ringsum, unberührt von den Leiden einer Tiermutter, vom Schicksal eines Tierkindes und von den vergeblichen Mühen eines Menschen, wir wissen das.

Am Himmel war ein mächtiges Spiel im Gange: Wolken

waren zurückgekehrt und mit ihnen Vögel, und beide, aus zwei Himmelsrichtungen gekommen, schienen noch keine Ruhe zu finden, die Bewegung, die Wanderlust und -sucht, die sie hergetrieben hatte, schien noch unverbraucht. Die Grauenten, die die kleinsten und beweglichsten waren in der bunten Schar, erschienen unter dem sich verdichtenden und brodelnden Wolkenmeer, je nachdem, ob das Licht oder der Schatten sie trafen, bald glitzernd hell, bald schwindend dunkel, und so strahlte ihr Flug spielerische Heiterkeit auf den Fleck Erde aus, auf dem sie zum Leben erweckt und zu dem sie nun zurückgekehrt waren. Auch die anderen Vogelarten, Rot- und Graugänse, Rostenten und Schwäne, die Möwen und Kraniche schwebten zwischen Licht und Schatten, und dieses ihr Treiben mutete von unten, von der Erde aus gesehen, sehr wie ein Spiel an. Das konnte die in Bewegung, in Farben gesetzte Freude des Wiedersehens zwischen zwei verschiedenen Formen des Daseins ein und desselben Urstoffes sein. Der Fluß stürzte noch in der Wucht der Geburt, des Ursprungs, tosend und krachend in das Tal hinab, schlug flatternden, lodernden Schaum an Geröllsteine, an Felsklippen, an die uralten Lärchen mit den kahlen, blaudunklen Wipfeln, die wie zum Trotz mitten im Fluß gewachsen waren und nun unerschütterlich fest standen. Die Wälder klebten wie Flecken an den sonnengeschützten Nordhängen der Berge und grünten, sie grünten in kaum wahrnehmbare blaue Schleier gehüllt und rauschten, also lebten sie, also bestanden sie die Herausforderung der Zeit weiterhin, also setzten sie ihr Dasein fort.

Zwischen Fluß und Wald, am steinigen Berghang auf dem Steilufer, stand eine einsame Jurte, und wenige Schritte vor ihr, am Rand der Hürde, spielte sich das ab, was eingangs geschildert wurde. Es war der Kampf zwischen einem Menschen und einem Tier um das Schicksal eines weiteren Tieres, zunächst. Einem Fohlen war die Mutter und einer Stute das Kind verendet, und nun arbeitete man, um die Verwaisten aneinander zu gewöhnen, um dem Tierkind das Leben zu retten und der Tiermutter die Leiden zu lindern. Und hier sei auch ein erstes Licht auf die Jurte, ihre Bewohner und ihr Schicksal vorausgeschickt: Es war eine sechswandige, das heißt, eine große, stattliche, wohlgeformte und recht helle Jurte. Nur schien ihr etwas, irgend etwas zu fehlen, doch dies, dieses gewisse Etwas herauszufinden und zu benennen, war auf den ersten Blick nicht möglich. Die Jurte gehörte einem Mann namens Schuumur und seinen vier Kindern; die Frau und Mutter war ihnen vor einem Jahr gestorben. Das Mädchen, das mit der Stute kämpfte, hieß Dombuk und war das älteste Kind unter den Geschwistern, sie galt als 14jährig, die neun Monate im Mutterleib und das erst vor kurzem angebrochene Mondkalenderjahr hinzugerechnet.

*Gib deine weiße, weiße Milch, Mutter!*
*Lindere damit das bittere, bittere Leid,*
*Das Schreckensleid, das schreit aus der Kehle,*
*Aus der Kehle eines armen Waisenkindes,*
*Guruj-guruj-guruj!*

Selbst die Felsen des Erik-Arga gaben als Echo eine Antwort. Nur die Stute blieb taub. Die Zitzen an ihrem prallen Euter hingen leer und kalt herab. Die Stute war tot, wie tot. Der Gesang brach ab. Dombuk sagte: »Schluß!« Das war mehr gezischt als gesprochen. Darauf blickte sie hinauf in den Himmel, faßte sich mit beiden Händen am Hinterkopf, dort, wo unter einem verblichenen Kopftuch ein Paar bläulich schwarzer Zöpfe hervorsprangen. Dabei kniff sie die Augen zu zwei dunklen Strichen zusammen und benetzte die Lippen mit ihrer schmalen hellen Zunge. Sie kämpfte gegen die Schmerzen, die vom Zusammenspiel zweier Gewalten, Haß und Mitleid, kamen: Haß auf diese harte Mutter, auf alles Harte und Mitleid mit dem Waisenfohlen, mit allen Waisenwesen.

»Schluß!« sprach sie wieder, das klang inbrünstig wie ein Gebet. Dabei riß sie die Augen weit auf und fletschte die Zähne. Die Augen, die angefangen hatten, die angeborene Schwärze zu verlieren und einen rötlich braunen Schimmer anzunehmen, wie immer bei schwarzhaarigen tuwinischen Mädchen mit der einsetzenden Umstellung des Körpers auf das Frauendasein, wirkten wieder schwarz, schwarz und unnatürlich groß. Schluß: das bedeutete vorläufig eine Niederlage. Aber gerade darum mußte das eine folgenschwere Entscheidung für die Stute sein, die beschlossen haben mochte, in der großen Trauer zu verharren.

»Dongur und Tasaj!« rief Dombuk in einem fast großmütterlich-herrischen, jedoch wieder kindlich überstürzten Ton. Auf den Ruf hin kamen zwei Jungen, etwa acht und fünf Jahre alt, aus der Jurte hinausgestürzt, rechts und links unter der herabhängenden Filztür, beide gleichzeitig. Die Kinder kamen gerannt wie in freudiger Erwartung. Angekommen, wechselten sie Blicke, unterdrückten aufkommendes Keuchen, wurden leise und klein. Oft ist es das Schicksal einer älteren Schwester, die Mutterstelle im Leben einzunehmen. Sie sieht dann in der Erfüllung der Pflichten und im Genießen der Rechte einer Mutter die vorläufige Krönung der Ziele ihres Lebens. So war es auch bei Dombuk. Und so war es nur allzu natürlich, daß sie das Benehmen ihrer jüngeren Brüder inquisitorisch genau verfolgt hatte. Doch tat sie nun so, als wäre daran nichts auszusetzen gewesen, obwohl sie mißbilligend festgestellt hatte, daß sich die Brüder gleichzeitig durch die Tür hindurchgezwängt hatten, wo es sich doch gehörte, die Schwelle in Ruhe und in Reihenfolge zu überschreiten. Dongur vor allem, der Ältere, der für den Jüngeren ein Vorbild hätte sein müssen, hatte die falsche, die rechte Türseite benutzt, und das hätte sehr gut für eine ordentliche Kopfwäsche gereicht.

»Gefällt wird das Aas!« sprach sie zu den Brüdern im Ton einer Richterin und dann zu der Stute gewandt: »Erst verfrißt du deine eigene Brut, nun willst du auch den Nachkömmling einer anderen, besseren Mutter zugrunde richten, du alte Nutte!«

Während sie dies sprach, kam sie in Schwung, glühte vor Zorn und legte los: »Das bildest du dir vielleicht ein, aber ich werde es dir zeigen, du Wolfsfraß! Gebunden werden dir alle viere, daß dir die mürben Knochen krachen! Eher laß ich dich verrecken, als daß du auch das andere Fohlen verschlingst, du Unglückselige! Wir haben unsere eigene Mutter begraben in der kalten, schwarzen Erde, den Würmern zum Fraß. Wir werden kein Erbarmen, kein Mitleid mit dir kennen, du wirst es sehen, Wolfsgeschiß!« Sie schrie, von Wort zu Wort immer lauter, bis sie in Tränen erstickte.

Die Brüder blickten blaß, erschrocken auf die ältere Schwester. Und auf ihr Hindeuten machten sie sich an die Stute heran. Sie waren flink und ausdauernd wie heranwachsende Jungwölfe. So legten sie die Stute bald in Fesseln und warfen sie mit einem Ruck auf die Erde. Sie glich einem Baum, der vorher lange geschwankt hatte, und fiel wie leblos. Sie leistete keinerlei Widerstand, während man ihr die Vorder- und Hinterbeine zusammenzog und umschnürte. Es schien ihr gleichgültig, was man mit ihr tat, sie lag wie betäubt, wie tot da. Allein ihre Augen zielten hellwach auf das tote Fohlen. Sie schienen es noch im Tode zu bewachen, und Liebe und Angst gingen von ihnen aus. Im Blick dieser Augen war ein solch tiefer Ausdruck, der nur das Ergebnis einer großen noch vorhandenen Kraft sein konnte.

Die Geschwister schnürten der Stute die Beine so fest zusammen wie bei einem Tier zum Beschlagen oder zum Schlachten. Diejenige, die die Beine gewaltsam zusammenzog und mit dem zähen Yaklederstrick umschnürte, war Dombuk. Dabei ähnelte sie mehr einem Mann als einer Frau. Der gelbköpfige Dongur, der ältere der beiden Brüder, half der Schwester mit der Gehorsamkeit eines Hundes und mit der Schnelligkeit eines Wiesels; ihm fehlte nur noch die Kraft eines Bären, die er wohl so gern gehabt hätte. Tasaj, der andere, der schwarzköpfige Junge, zerrte an dem Strick, der um den Kopf der Stute gehalftert war, er tat es, obwohl die Stute still dalag. Darauf holte man das lebendige Fohlen her, warf es um und schleppte es rückwärts dicht an die Hinterseite der Stute heran. So lagen sie, Fohlen und Stute, Schwanz an Schwanz.

Nun geschah etwas, was einen Eingriff in die Gesetze der Natur durch den Menschen darstellte: Tasaj zerrte den Schwanz der Stute hoch, Dongur hockte vorgebeugt auf den Knien, unter jeden Arm ein Paar Beine des Fohlens geklemmt und stemmte sich mit dem Körpergewicht gegen dessen Bauch, Dombuk wickelte sich den Schwanz um Zeige- und Mittelfinger der linken Hand und stopfte sie in die Scheide der Stute. Das geschah gewaltsam und geschickt zugleich, nach jedem Fingerbreit, der in der Scheide verschwand, rutschte die Hand zurück, faßte den Schwanz von neuem und schob nach; alle drei Kinder arbeiteten verbissen, sie keuchten und stöhnten. Auch die Stute stöhnte, sie stöhnte und zuckte zusammen, doch diese kleinen Zuckungen, die durch ihren Leib gingen, waren nicht imstande, die Kinder bei ihrem Unternehmen zu stören. Also lag sie da, zuckte zusammen und stöhnte, aber auch jetzt hörten ihre Augen nicht auf, auf das eigene, auf das tote Fohlen zu sehen, ihr Blick blieb klar und warm. Der Schwanz des Fohlens steckte nun bis zum Ansatz in der Scheide der Stute. Die Jungen blickten erwartungsvoll auf die Schwester, und diese richtete sich auf, schaute auf die liegende Stute herab und sang:

*Gib deine weiße, weiße Milch, Mutter!*
*Sieh hier, es ist aus deinem heißen Leib,*
*Fleisch von deinem Fleisch, Blut von deinem Blut,*
*Es ist deines, vergiß das nimmer,*
*Guruj-guruj-guruj!*

Das war ein aufgeregtes, ein zerhacktes und schweres Singen. Dombuk wartete nicht erst auf eine mögliche Reaktion der Stute, sie ordnete kurz an: »Weiter!« Und dieses Weiter bestand darin, daß das Fohlen dicht an der Scheide der Stute nach allen Seiten vorbeigezogen und so daran gerieben wurde. Das hatte den Sinn, das Jungtier den Geruch des Muttertieres annehmen zu lassen. Ausgiebig benäßt, durfte das Fohlen aufstehen. Die Jungen führten es in eine für die Stute unsichtbare Richtung und von dort aus auf einem Umweg hinter die Jurte. Dort pflockten sie es an. Zurückgekehrt, trugen die Jungen das tote Fohlen fort, sie brachten es ebenfalls hinter die Jurte, nur taten sie es nun anders, sie schleppten es auf dem geraden Weg fort, sie taten es ohne Eile, auffällig. Dort hinter der Jurte, ein Stück weiter weg, wurde das Fohlen später enthäutet, und das Fell wurde, samt dem Schwanz, noch naß dem lebendigen Fohlen übergestülpt und festgeschnürt. Das alles geschah auf Geheiß der Schwester. Die Stute, die still, die wie tot dagelegen, aber den Blick auf ihr totes Fohlen geheftet, es bewacht, es selbst im Tode und noch danach bewacht hatte, schlug Alarm aus allen Leibeskräften, die ihr noch geblieben waren, mit allem, was ihr zur Verfügung stand. Das begann, als die Jungen das tote Fohlen an den Beinen faßten: Ein Zucken durchfuhr ihren Leib, der Kopf flog hoch und schlug gleich wieder auf die Erde, ein klägliches Gewieher erscholl; das wiederholte und wiederholte sich, bis es ihr einmal gelang, sich auf die zusammengebundenen Füße zu stellen. So blieb sie eine kleine Weile stehen, mit zitterndem Leib, blutendem Maul und brennenden, hüpfenden Augen. Sie hätte es vielleicht länger ausgehalten, wenn sie nicht noch mehr gewollt, wenn sie nur daran gedacht hätte, das Gleichgewicht zu finden und es zu halten. Doch sie wollte mehr, wollte ihrem fortgeschleppten Fohlen nacheilen, so versuchte sie einen Sprung und fiel. Es gelang ihr nicht wieder, in die günstige Lage zu kommen, die ihr schon einmal geglückt war. Doch wurde sie nicht müde, den hoffnungslosen Versuch, auf die Beine zu kommen, wieder und wieder von neuem zu unternehmen. Sie kämpfte, daß ihre Gelenke knirschten, die Knochen krachten und die Sehnen und Muskeln, sich in Hunderten von Kugeln verziehend, unter der Haut hüpften; der Kopf flog hoch und fiel dann gegen die Erde, ein Gewieher folgte, es war ein verzweifelter, vielleicht auch hilfesuchender Schrei. Doch alles, alles war umsonst. Der Yaklederstrick, der, wie es sich gehörte, im Frost ausgelegen hatte, in Wolfsfett eingeweicht und unter sanftem, gleichmäßigem Schlag eines Birkenwurzelstocks nur langsam geschmeidig geworden sein mußte, gab nicht nach. Die Füße der Stute indes bluteten, das Fell hatte sich an dem zähen, unüberwindbaren Lassostrick wund gerieben: Dieser Fessel war der Wille einer Mutter, dem Schicksal auf jeden Fall, um jeden Preis zu trotzen, nicht gewachsen.

Dombuk beobachtete das Geschehen. Sie fühlte sich in der Rolle einer Richterin. Befriedigung und Mitleid erfüllte sie. Schließlich besiegte das Mitleid die Befriedigung in der schmalen Mädchenbrust, und die Brüder wurden herbeibefohlen. Die Stute sollte aus ihren Fesseln befreit werden. Nur war es Schwerstarbeit, die von einem Großtier in äußerster Not festgezurrten Knoten zu lösen. Kinderhände waren außerstande es zu tun. Ein Erwachsener, der Vater, sollte herkommen. Aber wo war er, wo blieb der Vater?

Schuumur war seit Stunden unterwegs, ihn drängte es längst nach Hause. Aber er wollte nicht ohne Lasttiere zurückkehren. Deshalb hatte er noch am Morgen zu seinen Kindern gesagt, daß sie weiterhin an der Stelle bleiben, wohl dort übersommern würden. Er hatte es zornig gesagt, hatte es auf die ungehaltene Frage Dombuks, wie lange man noch so einsam dahinleben würde, weit weg von Jurten und Leuten, hingeschleudert. Während er dieses sagte, hatte er das Gewehr geschultert und sich auf den Sattel geschwungen. Dann aber war er, unterwegs zu den Murmeltieren der drei Chörleet, auf einen Reiter gestoßen, der das Flußtal hinaufwanderte. Und von diesem hatte er erfahren, daß die Frau Gulundshaa mit ihrer Jurte unterwegs nach Erik-Arga war. Der Reiter hatte es wie nebenbei erzählt, hatte dabei am hinteren Bauchriemen seines Sattels hantiert, aber einen Seitenblick auf ihn geworfen, mit einem angedeuteten Grinsen. Und dieser Blick, dieses Grinsen hatte einer Frage geglichen: Nun, freust du dich?

Die Nachricht war für Schuumur ein Blitzschlag aus heiterem Himmel. Wort- und atemlos entfernte er sich. Erst nach einigen Lassostricklängen kam er zu sich. Der erste Gedanke, der sich in seinem Kopf zu einem Sinn formte, war: Weg von hier! Die Vorstellung verfestigte sich: Davonziehen! Entkommen! So schnell wie nur möglich! Aber woher so schnell die Lasttiere nehmen, drei Kamele, besser noch vier, oder zur Not sechs Ochsen oder auch Pferde, oder?! Und wenn Ochsen oder Pferde, wer sollte sie beladen? Bald bog er vom Weg rechts ab in Richtung auf die beiden Doshangty. Der Weg führte weiter nach Charaaty, in das Flußtal hinter dem Bergrücken, wo die Landesmitte lag. Landesmitte, das war immer die Stelle, wo sich die meisten Ails niedergelassen hatten. Schuumur hatte beschlossen, dort Verwandte und Bekannte um Lasttiere zu bitten.

Er war in jenem Teil des Altai geboren, welcher später erst von Kasachen und Urianchais, dann von Kasachen, Russen und Chinesen und schließlich vorwiegend nur noch von Chinesen besiedelt wurde. Er war der Älteste der drei Söhne des Gonsat aus dem Stamm Chara-Chöjük, war gut gebaut und hatte eine kurze Kindheit. Noch mit Milchzähnen im Mund überließ er die Schafherde, die er zu hüten hatte, den jüngeren Brüdern und machte die Jagd zu seinem Hauptgewerbe. Er war elf Jahre alt, als er ein Murmeltier mit einem Faustschlag auf die Schnauze erschlug. Das Tier war auf der Flucht vor seinem Vater, war von jenem lahm und wundgeschlagen und hatte in seiner Not Schutz vor diesem gesucht: Es war auf ihn zugekrochen und unter seinen Lawschaksaum geschlüpft. Vielleicht hatte dem Tier der Instinkt gesagt, daß von einem Kinderwesen Schutz zu erwarten wäre. Dieses aber faßte es mit der Linken am Genick und schlug es mit der Rechten auf die Schnauze. Das Menschenkind hatte auf den Handteller einen Stein von der Größe einer Kamelkugel gelegt, bevor es die Hand zur Faust ballte und hatte dann gut gezielt. Der Schlag traf tödlich. Der Vater, der das gesehen hatte, sagte kein Wort. Auch er selber verlor kein Wort darüber, weder dort noch später zu Hause. In dem Jahr bekam er seine erste Büchse, eine Schyity, wie sie im Volk genannt wurde, und gleichzeitig bekam er ein Pferd als sein eigen. Gonsat hatte die Büchse bei einem russischen Händler gegen fünf ausgewachsene Yaks erworben, und das Pferd, ein dreijähriger Fuchshengst, aus dem Teil der eigenen Herde, der auf keinen Fall zum Verkauf oder Tausch bestimmt war. Schuumurs Freude war groß, es war mit Abstand die größte, die er je empfunden, je empfinden sollte, aber auch da sprach er kein Wort, blieb düster und verschlossen. Er war sechzehn Jahre alt, als er heiraten mußte. Die Frau, die man ihm ins Bett brachte, hieß Dshajnaasch, war kaum fünfzehn und hatte einen gelben, sonnengelben Kopf. Er hätte sich gern geweigert, sie ins Bett zu nehmen, doch tat er es nicht, wohl weil er wußte, daß es keinen Sinn hatte. Er konnte sich an sie lange nicht gewöhnen, wollte ihr aber auch nicht fernbleiben, denn sie war ihm nun einmal gegeben. Sie war ihm auch nicht gleichgültig, nachts vor allem, da sah er ihren gelben Kopf mit den grünlichen, runden Eulenaugen nicht. Dafür fühlte er ihren straffen, heißen, leise zitternden Körper und war zuweilen froh. Und eines Nachts glaubte er eine kleine beginnende Wölbung inmitten des schlanken Mädchenkörpers, über dem unteren Bauch erfühlt zu haben. Die Wölbung blieb, wuchs; er wußte lange nicht, ob er darüber froh sein sollte oder traurig. Das Kind, ein Mädchen, kam. Er war es, der es empfing im Leben. Das glitschige, blutige Ding in den Händen, war er einen Augenblick lang wie gelähmt vor Schreck und Ekel. Aber da stieß es einen Schrei aus und begann zu zappeln. Das mußte in ihm ein bisher unbekanntes Gefühl ausgelöst haben, denn Schreck und Ekel waren wie weggeblasen. Dafür glaubte er in den Adern Feuer anstatt Blut zu spüren. Mit der Liebe eines Vaters kam er dem neuen Erdenbürger entgegen. Das fiel ihm wie jedem anderen aus dem Hirtenstamm nicht schwer: Man hatte schon oft einem gebärenden Schaf oder einer gebärenden Yakkuh beigestanden, so manche Lämmer und Kälber ins Leben geholt, den Schleim vom Maul heruntergewischt und die Nabelschnur durchgerissen. Ob Schaf, ob Mensch, das Leben war in seinem großen Gerüst einem Gesetz unterworfen.

Es war eine in sich widersprüchliche, oft gestörte Vaterliebe bei dem Minderjährigen, wie es in späteren Zeiten geheißen hatte. Die erste Störung kam, als Schuumur der Haarfarbe seines Erstlingskindes gewahr wurde. Sie war hell. Eine Gelbköpfige, stellte er mit Unmut fest, und diese Feststellung rief in ihm Bitterkeit und Enttäuschung hervor. Zwar verging dies dann, denn er begriff, das Kind konnte nichts für seine Haut- und Haarfarbe, keiner konnte etwas dafür. Aber der Gedanke, nicht sein Blut sei in dem Kind bestimmend, auch die künftigen Kinder würden von der Mutter geprägt sein, kehrte immer und immer wieder zurück, wie ein unstillbarer Schmerz.

Schuumur ritt die schmale, steile Schlucht des Oberen Doshangty im Trab hinauf, er trieb das Pferd arg an. Der Schimmelwallach fiel immer wieder aus dem Trab, schnaufte lautstark. Er war ein Nachkomme der grauen Stute, auf der Dshajnaasch zu ihm gekommen war. Die dreijährige Stute war nebst Reitgeschirr und den Satteltaschen mit den Kleidern ihre Mitgift gewesen. Damals hatte das Tier ein fast schwarzes Fell, nur hier und da schimmerten einzelne Haare hindurch, die davon kündeten, daß es sich mit der Zeit aufhellen und eines Tages ganz weiß aussehen würde. Sie gab viele Fohlen, das letzte war der Schimmel, auf dem Schuumur nun ritt. Als sie alt wurde, wurde sie für ein ganzes Jahr ihrem Willen und den Winden des Himmels überlassen. In dem einen Jahr der Freiheit erholte sie sich gut und setzte bei ihrem Alter noch genug Fett an. Und in dem Zustand wurde sie geschlachtet. Das geschah auf Wunsch von Dshajnaasch. Anfangs hatte Schuumur die Stute verschmäht, wie ihre Besitzerin auch. »Warum hat der Alte seiner Tochter nicht wenigstens einen Wallach mitgegeben?« hatte er mit einem grimmigen Blick auf die junge Stute mit dem dünnen Schwanz und den schlanken Gliedern gedacht und hatte dabei Haß auf seinen Schwiegervater empfunden. Bald jedoch ritt er mit ihr auf die Jagd. Das geschah aus lauter Bosheit. »Wirst sehen, daß du fehl am Platz bist, Stütlein,« sagte er mit Grinsen zu ihr, als er davonritt. Tatsächlich war sie noch nicht zahmgeritten, war noch ungelenk im Gehorchen. Aber die kleinen Unebenheiten waren schnell beseitigt, die Stute zeigte sich von den guten Seiten eines Reittieres, war flink, stark und ausdauernd. Und sie war eine durchaus gutwillige Natur. Schuumur brauchte eine Reise, um all die guten Eigenschaften der Stute erkennen zu können. Jahre sollten dagegen vergehen, bis er von denen seiner Frau Kenntnis nehmen konnte.

Die Schlucht wurde immer steiler. Der Schimmelwallach, Nachkomme der grauen Stute, schwitzte und keuchte, aber er wurde unablässig zum Trab angetrieben. Schuumur selber schwitzte und keuchte auch, es schmerzte ihn obendrein in der Seele, daß er das Pferd so quälen mußte, er fühlte sich schuldig vor Dshajnaasch und der grauen Stute. Aber im Augenblick hatte er keine andere Wahl, als schnell zu reiten, sich und sein Reitpferd abzuquälen. »Laß uns nur von Erik-Arga und von Frau Gulundshaa wegkommen«, sprach er in Gedanken zum Schimmelwallach, »dann werde ich dich absatteln, und bis zum ersten Schnee bist du frei ...«

Mit vier Monaten starb das Kind. Das war etwas Unvorstellbares für Schuumur. Davon war er zum ersten Mal erschüttert, eine Zeitlang ging er im Leben geduckt umher. Es war nicht nur die natürliche Trauer eines Vaters um sein Kind, ihm schlug das Gewissen, er war einem Kind, seinem eigenen Kind, gegenüber ungerecht gewesen. Aber dieses Leid brachte, wie jedes echte Leid, auch einen Gewinn in sein Leben: In der gemeinsamen Trauer kamen die Eheleute einander näher. Daß sie bisher einander nicht so nah werden konnten, daran war vor allem er schuld gewesen. Die Frau war gut: fleißig, still und anspruchslos. Überdies auch großmütig. Eines Tages hatte sie zu ihm gesagt: »Geh, wenn du willst, auch weiterhin zu Gulundshaa. Ich weiß, sie sagt dir besser zu als ich, und du hättest sie auch lieber genommen als mich, hätten es deine Eltern nicht anders gewollt. Außerdem ist sie ja auch eine bessere Mutter als ich, sie hat ihr Kind zu erhalten gewußt, während ich meines verloren habe.«

Gerade die bösen Zungen hatten ihm Gulundshaa begehrenswert erscheinen lassen. Klopfenden Herzens war er zu dem

Mädchen mit den schweren, glänzenden Zöpfen und mit der Anmut einer reifenden Frau gegangen und dann froh gewesen, als sie ihn nicht von sich wies. Sie war die erste Frau, die ihm die Liebeswelt erschloß. Die nächtlichen Freuden, die er sich später mit der ahnungslosen, minderjährigen Dshajnaasch zu verschaffen suchte, kamen ihm gegenüber denen, die ihm die erfahrene Gulundshaa zu schenken gewußt hatte, unvergleichlich mager vor. So ging er als Verheirateter weiterhin zu ihr, und eine Nacht mit ihr war für ihn immer eine rettende Abwechslung von der schüchternen, unerfahrenen Dshajnaasch, eine angenehme Erholung von dem stumpfen Alltag einer Ehe, die ihm aufgezwungen war. Aber der Tod des Kindes und die Großmut der Ehefrau wirkten auf ihn vorerst so stark, daß er, obwohl er nichts gesagt hatte, bereit war, nie wieder zu Gulundshaa, auch nicht zu einer anderen zu gehen. Freilich, es kam dann anders.

Schuumur hatte den Kamm erreicht, aber sein Gesicht blieb finster. Seine Augen blickten starr voraus. Eine Schar blauer Kraniche hatte sich neben dem Reiterweg niedergelassen, der sich auf der gelbgrünen, buckligen Graslandschaft dunkel abzeichnete, davonschlängelte und verschwommen hineinkroch in den Horizont, gleich einer Wunde, gleich einer Furche, die das Leben der Mutter Erde in ihr Antlitz hineingeschnitten hatte. Die Kraniche sahen in der herabhängenden Luftspiegelung unwirklich groß und für die Bergwelt seltsam fremd aus; sie schwankten und zitterten inmitten des Grüns und des Gelbs so, daß man sie schwer für Lebewesen, auf keinen Fall aber für Vögel, eher schon für vierbeinige Tiere halten konnte, wenn man sie entdeckt hatte. Doch Schuumur konnte sie nicht sehen, er sah sie erst, als sie aufflogen. Er zählte sie. Es waren sieben. Der Schwarm zerfiel in kleine Teile. Drei Paare bogen bedächtig in drei verschiedene Richtungen ab, segelten und schwebten ziellos. Der einsame Kranich flog, mit den Flügeln hastig schlagend, geradewegs davon. Dieses Bild traf den Menschen. Er schüttelte unwillkürlich den Kopf. Darauf aber trieb er das Pferd von neuem an.

Ja, es kam anders. Doch bis es so kam, vergingen Jahre. Schuumur hielt lange Wort. Dshajnaasch war wieder schwanger. Da war ihm, als würde sein totes Kind zurückkehren und er es ein zweites Mal im Leben empfangen. Nachts streichelte er oft den Bauch seiner Frau, und einmal drückte er sein Gesicht dagegen und sprach: »Beeil dich, mein gelbköpfiges Töchterchen, sonst reißt Vaters Geduld!« Dshajnaasch weinte heimlich. Die Tochter kam, es war eine andere, sie hatte einen schwarzen, rabenschwarzen Kopf. War Schuumur damals von der hellen Farbe der Haare enttäuscht gewesen, nun war er es von der schwarzen. Aber die Enttäuschung war jetzt leise, kurz; sie wurde niedergedrückt, zurückgedrängt. Denn sie ängstigte den nun erfahrenen, leiderfahrenen Vater. Hauptsache war für ihn jetzt, er war wieder Vater, er hatte wieder ein Kind; daß es ein Mädchen war, war gut, aber nicht entscheidend; welche Farbe die Haare auf dem Kopf des Kindes hatten, das war eine Nichtigkeit, das hatte überhaupt nichts zu bedeuten. Dieses Kind war Dombuk. Ihr folgten weitere Kinder. Einige von ihnen starben. Schashynbaj, Dongur und Tasaj blieben am Leben. Hatten die Kinder bei Eltern mit unterschiedlichen Haar- und Hautfarben in der Regel immer etwas sowohl vom Vater als auch von der Mutter, so war die Haarfarbe der Schuumurkinder entweder rabenschwarz oder sonnengelb, und das wechselte ziemlich genau ab. Wenn seine Frau wieder mal in den Wehen lag, streichelte er ihre Wangen und flüsterte ihr im liebevollen Scherzton zu: »Streng dich an, du, unser schwarzköpfiges Kind hat es eilig!« Das nächste Mal wurde das Kind als gelbköpfig vorausgesagt, und das traf fast immer zu. Das waren sowohl schöne als auch schwere Jahre. Die Erlebnisse mit Gulundshaa waren darin gewiß die Dornen, an denen sich das Eheleben zerkratzte, aber ohne sie hätte sein Leben wahrscheinlich glatt und blaß ausgesehen, wäre ärmer gewesen. Dann kam das Schrecklichste, was einer Familie widerfahren kann: Die Frau starb. Es war während seiner Abwesenheit geschehen. Er war auf der Jagd hinter den Wäldern der beiden Türgen gewesen. Als er heimkehrte, hatten die Ailmänner sie längst in die Steppe hinausgetragen. Es war Spätsommer. Der Tag war trüb, der Himmel drückte. Schuumur irrte lange herum, fand sie nicht. Dann erfuhr er von einem Schafhirten, den er traf, daß die Geier schon gekommen waren. Nicht ein Knochenrest, nicht ein Haarbüschel war übriggeblieben. Die Vögel hatten sie aufgefressen. »Sie war rein an Leib und Seele, also wird sie das Reich Gottes finden!« sagte der Mann zu ihm. Die Schamanin, die auf seinen Wunsch zu ihm in die Jurte kam, meinte sinngemäß dasselbe, sie war nur genauer: Die Seele der Toten würde zu ihrer in einem Jahr des Drachens geborenen Tochter als Junge wiederkehren. Das war als Trost gedacht. Schuumur jedoch ließ sich nicht trösten. Er war untröstlich, er war erschüttert, betäubt und lustlos. Und er versuchte, sein Leben, das Unglück, das dieses Leben voll getroffen hatte, zu ergründen. Warum war ihm das Unglück passiert? Wofür die schwere Strafe? Für die Flüche, die ihm da und dort entfahren waren? Sie waren auf den Himmel, auf den Altai, auf einen bestimmten seiner Pässe oder Berge ausgesprochen. Aber gemeint war niemals der Himmel, der Altai, nie ein Fluß, nie ein Berg, er hatte vor ihnen immer Ehrfurcht gehabt. Gemeint war bei jedem ausgesprochenen Fluch immer etwas anderes, mal war es die Frau, die seinen Unmut erregte aus diesem oder jenem Grund, ein anderes Mal war es das Reitpferd, das ihm nicht schnell, nicht zahm, nicht ausdauernd genug vorgekommen war. Oder es war einfach ein widriger Lebensumstand.

Oder war er bestraft für die Morde, die er als Jäger an Tieren begangen hatte? Jeder Schuß, der traf, vernichtete Leben, und einer, der daneben traf, hatte oft noch schlimmere Folgen: Aus einem Tier, das der Himmel ins Leben gerufen und der Altai am Leben erhalten hatte und darum vollkommen gewesen war, wurde ein Krüppel, und damit war gegen die Ordnung, den Willen des Himmels und des Altai verstoßen. Und Waisen hatte er gemacht! Einmal hatte er wedelnd zwei Murmeltiere an beiden Seiten eines Hügels aufgehalten. Nachdem er nach dem einen geschossen hatte, wandte er sich gleich dem anderen zu. Bis er auch dieses zum Pfeifen gereizt und sich, flach auf dem Bauch liegend und jede Bewegung hinter dem schwankenden Wedel tarnend, nah genug herangeschlichen, den Schuß abgegeben, das tödlich verwundete Tier fast mit der Schnelligkeit einer Kugel aufgegriffen, an der Schwanzwurzel hochgehoben und sich an seinem Zucken berauscht hatte, war geraume Zeit vergangen. Und als er, das verblutende Tier und den Wedel in der einen und das Gewehr in der anderen Hand, zu der Stelle kam, wo das erste liegen mußte, sah er etwas Schreckliches: Ein dicker, wimmelnder Haufen lag über dem Eingang zum Bau, und erst nach genauerem Hinschauen konnte er es erkennen, es waren fünf graue Murmeltierjunge, die an den Zitzen der toten Mutter klebten. Das große Murmeltier war, tödlich getroffen, rücklings auf den Eingang zum Bau hingefallen und hatte ihn für die vom Schußknall aufgeschreckten und herbeigerannten Jungtiere gesperrt. Diese hatten sich, nachdem sie wohl ein wenig nach dem Eingang gesucht und währenddessen den Schreck vergessen hatten, in ihrer Einfältigkeit über die sterbende Mutter hergemacht. Der Jäger, der Mörder einer noch stillenden Mutter, stand wie angewurzelt da, als die Murmeltierjungen, seiner gewahr werdend, davonrannten auf der Suche nach dem nächsten Unterschlupf. Er blickte mit weit aufgerissenen Augen auf die abstehenden Zitzen, die wie lebendig und übernatürlich groß wirkten; einige standen im Schaum, an einer der nackten, blauvioletten Spitzen klebte ein großer, heller Milchtropfen, der kam ihm wie eine blinde, wie eine erfrorene, wie eine tote Träne vor. Sein Blick erfaßte auch das Blut, das knallrote Blut, das unter dem Murmeltierkopf eine Lache bildete und, längst geronnen, glänzte. Schuumur zögerte, nahm aber dann das Murmeltierweibchen doch, er wollte sein Jagdglück nicht ungünstig stimmen, er konnte, er durfte es nicht. Aber diese Geschichte bedrückte ihn lange, besonders jetzt. Das war nur einer der zahllosen Morde, die er an Tieren begangen hatte, an schutzlosen Lebewesen, von denen keines je einen Menschen bedrohte, selbst der Wolf nicht. Vielleicht kam dafür diese Strafe?

Schuumur grübelte, und je länger er es tat, umso mehr Gründe glaubte er zu finden, weshalb er eine Strafe von seiten höherer Mächte verdient haben könnte. Am zähesten peinigte ihn sein Verhalten gegenüber Dshajnaasch. Sie war noch ein Kind gewesen, als sie zu ihm kam. Er hatte sie verschmäht, hatte dann jedoch vor ihr keinen Halt gemacht und hatte sie, von seiner männlichen Gier angestachelt, doch zu einer Frau und folglich auch zu einer Mutter gemacht. Elf Kinder hatte sie ihm geboren. Kinder bekommen und Stillen, ihren Tod beweinen und in Angst leben, weitere könnten ihr sterben, und zwischendurch Melken und Kochen, Nähen und Waschen, Saubermachen und Dungsammeln, das war der Inhalt der fünfzehn Jahre gewesen, die sie neben, eigentlich unter ihm verbracht hatte. Sie hatte sich ihm bedingungslos ergeben, hatte mehr für ihn gelebt als für sich selbst, so war sie eine gute Frau gewesen. Seine Abneigung ihr gegenüber war immer mehr geschwunden. Es war, als ob sie sich an der wachsenden Menge der gelb- wie schwarzköpfigen Kinder abnutzte, er hatte sich an sie, an ihre Dienste, an ihre nie aufhörende, nie versiegende Fürsorge gewöhnt, und eines Tages war sie ihm unentbehrlich und unersetzlich geworden.

Hinter Usun-Oi wurde Schuumur von Kranichgetriller aufgeschreckt. Es war wie ein Alarmschrei. Er suchte und fand es schließlich: Vom Charlyg-Chaarkan her, über dem Pasch-Ojuk, dem gähnend dunkelblauen Kessel inmitten des Schneegipfels, kam ein einsamer Kranich geflogen. Er flog hastig, unruhig. Der von vorhin, dachte Schuumur, darauf aber zweifelte er, daß er es sein könnte. Die Welt ist weit, dachte er, da kann es so vieles geben und kann auch so vieles passieren. Der Kranich kam schnell näher. Er, der unten in der Graslandschaft wasserblau und verschwommen gewirkt hatte, sah jetzt in der Gletscherhöhe zwischen dem Weiß des Schnees und dem Blau des Himmels grau aus und hatte einen scharfen Umriß. Das wird doch der von vorhin sein, dachte Schuumur, die zu zwei Strichen zusammengezogenen Augen auf den ankommenden Kranich gerichtet, mit Gewißheit, denn er konnte nicht glauben, daß zwei Kranichwesen, jedes in Einsamkeit, getrennt und aneinander vorbeileben könnten.

Es mußte wohl die Vorahnung des sie scheidenden Todes gewesen sein: Dshajnaasch war Schuumur mit der Zeit nicht nur erträglicher geworden, zum Schluß war er in sie verliebt. Gewiß, es war ein stilles, stummes Verliebtsein, das er zu verheimlichen suchte vor anderen, vor ihr, und eigentlich vor sich selber auch. Die andere, die ungestüme Gulundshaa hatte er nur selten besucht, nur gelegentlich, vielleicht nur aus alter Gewohnheit, sozusagen für das Glück, das er in anderen Zeiten von ihr erhalten hatte. Je tiefer er in Erinnerungen kramte, umso unverständlicher wurde er sich selber. Jedesmal, wenn sich ein Stück aus seinem gelebten Leben herauslöste und auf ihn zubewegte, wußte er, daß er einem schrecklichen Menschen begegnen würde. Und diesem Schreckensgespenst, das er selber war, zu begegnen, wurde ihm mit jedem Tag unerträglicher, doch konnte er es nicht verhindern, daß sich sein Hirn erinnerte. Eines Tages, inmitten eines Erinnerungsstromes und unter den Schmerzen einer wiederholten Selbstbeschuldigung, versuchte er auf der Suche nach Erleichterung, wenigstens einen Mitschuldigen zu finden. Gulundshaa bot sich dafür an.

Er ging dem Gedanken gern nach, bohrte weiter. Allein wäre er nicht imstande gewesen, die Ehesünden, die er nun auf seinem Gewissen hatte, zu vollbringen. Also war sie mitschuldig! Aber genügte das, daß sie nur mitschuldig war? Wäre sie nicht da, wenigstens nicht so bereitwillig gewesen, sich mit ihm einzulassen, hätte das, was geschehen war, überhaupt geschehen können? Wohl nicht! Angenehm war es, so für die Bürde, die ihn zu erdrücken drohte, einen Mitschlepper, ja, vielleicht einen Hauptschlepper zu haben, doch reichte selbst dieses nicht aus, um sich selbst vollkommen frei von Schuld zu sprechen. Im Gegenteil, die Linderung, die er sich gewaltsam verschafft und an der sich seine Seele erholt hatte, rächte sich dann umso grausamer: Sein Gewissen spürte einen zusätzlichen Brand, weil er seine Sünden auf andere zu verschieben versucht hatte. Bei all dem jedoch war Gulundshaa ein abgeschossener Pfeil, wie Schuumur mit seinem Jägerverstand zu urteilen vermochte. Das bedeutete, eine abgeschlossene Geschichte. Es gab kein Zurück zu ihr, mehr noch, er wollte sie nie wieder sehen. »Auf dem Weg zu deiner Jurte ist für den Sohn des Gonsat Gras gewachsen für alle Zeiten«, dachte er mit Zorn, der einen Schuß Schadenfreude enthielt, vielleicht auch einen leisen Hauch Mitleid. Widersinn? Oh, wenn das Leben immer nur auf Sinn gebaut wäre!

Schuumur erreichte endlich den Rand des Tales und den ersten Ail. Dort mußte er erfahren: die Nachricht, die ihn auf die Flucht getrieben hatte, war auch hierher gedrungen. Man redete wohlwollend mit ihm, man schien auf ihn, wie durch eine dünne Trennwand, einreden zu wollen: Besser so, der Mensch braucht des Menschen Nähe; die Einsamkeit hatte Zähne, die Zweisamkeit Lippen. Schuumur konnte nicht die Schüssel mit den Weißen Speisen umstoßen und davonspringen, er mußte die Zähne zusammenbeißen und sitzenbleiben. Man kannte die Vorgeschichte allzu gut, sie war dem Gedächtnis der Leute nicht abzukratzen, mit Gewalt erst recht nicht, einzig der Staub der Zeit würde sich darüberlegen, bis die Geschichte mit anderen Geschichten zusammen vergessen sein würde. Schuumur wagte nicht, sein Anliegen vorzutragen, ebensowenig wagte er, am nächsten Ail abzusteigen. So beschloß er, zu den Fremden, zu den Kasachen zu reiten und sich mit ihnen auf einen Handel einzulassen, das war besser als Bitten und Betteln. Allein, diese waren noch weiter weg, am anderen Rand des Tales, jenseits des Flusses Godan. Er erkundigte sich nach dem Ail des Bajs Kaissa. Er kannte ihn samt der Geschichte seiner Herkunft und seines Aufstieges gut.

Kurz vor Sonnenuntergang erreichte er den Ail. Als er an der Pferdebinde abstieg, gähnte und schüttelte sich sein Pferd. Erleichtert schnalzte er mit den Lippen. Der Schimmel sah nun im Schweiß dunkel, schlank und sehnig aus, wie nach einem großen Wettrennen. Schuumur lockerte die Sattelriemen andächtig und rieb mit den Lawschakärmeln die Augen und die Stirn des Pferdes. Dabei wurde er von den beiden Dienstmädchen des Bajs beobachtet, die den grauen Wolfshund nebst anderen Hunden zurückhielten. Schuumur seinerseits beobachtete, während er, wie jeder Reiter nach einem schweren Ritt, mit seinem Pferd beschäftigt war, die Pferde an der Binde. Es waren zumeist wohlgenährte, durchaus ansehnliche Tiere, doch mußte er feststellen, daß er sein abgeschundenes Pferd gegen keines von ihnen tauschen würde. Das stimmte ihn fröhlich, und er fühlte in sich Sicherheit.

Dombuk war kaum ein halbes Jahr alt, als die großen Unruhen begannen. Sie kamen von draußen, wuchsen schnell, überfluteten zum Schluß das Land. Sie vertrieben die Menschen, die dort verwurzelt waren wie die Lärchenwälder und die Schieferfelsen ringsum. Die Kasachen, die aufgeschreckt und auf der Suche nach einer neuen Heimat aufgebrochen waren, brachten die erste Erschütterung ins Land. Man begrüßte die fremden Eindringlinge nicht gerade, aber man hatte nicht viel dagegen, wenn sie sich nebenan niederließen und danach trachteten, nicht zu verhungern und zu verkommen. Denn in der ersten Zeit waren sie arme, zahme Leute. Mit den Tagen und Monaten aber, sobald sie sich erholten, Mut faßten und zu Besitz kamen, wurden sie anders, frecher. Das geschah langsam, aber stetig, jeder sah und spürte, was mit den Ungebetenen vor sich ging. Die Reibereien zwischen den Einheimischen und den Ankömmlingen begannen, sie wuchsen sich oft zu Schlägereien, zu Schießereien aus. Da erschienen fast zum gleichen Zeitpunkt die Russen und die Chinesen. Kein Mensch wußte, was die fremden Stämme herübergelockt haben konnte. Niemand hatte sie hergebeten. Zwar war keiner von ihnen ganz neu, es hatte sie alle gegeben: Kasachen, Chinesen, Russen, aber es waren nur wenige gewesen, man hatte sie wie Gäste behandelt, und auch diese hatten sich wie solche benommen. Nun waren sie, zu Hunderten und Tausenden gekommen, keine Gäste mehr. Der Futterneid mußte es gewesen sein, der sie mit einem Mal zu aufeinander schielenden, gegeneinander kämpfenden Horden gemacht hatte. Sie plünderten,

Kasachen wie Russen, Russen wie Chinesen. Wer aber ausgeplündert wurde, das waren die Einheimischen, die Tuwiner und die Urianchais, denn sie besaßen etwas. Der Krieg brach aus. Der Häuptling des Chara-Chöjük-Stammes ging mit den Häuptlingen einiger anderer Stämme zu einer Beratung. Das geschah frühmorgens, in einem Bergkessel nordöstlich von Göge-Dogaj. Die Häuptlinge erschienen nacheinander, einzeln, jeder mit der Jagdausrüstung und in Jägerkleidung. Einige Stammesgenossen hielten sich in der Nähe auf, sie gingen ebenso allein und erweckten den Anschein, als ob sie auf der Jagd oder auf der Suche nach Tieren wären. Schuumur war einer der vier Männer, die den eigenen Häuptling vor anderen Häuptlingen und deren Leuten zu beschützen hatten. Die Beratung begann mit einer Schlägerei. Der Häuptling des Dokpak-Chara-Stammes war betrunken erschienen und hatte gesagt, das beste sei, sich auf die Seite der Stärksten, in diesem Falle, der Chinesen zu stellen. Faustschläge, die von seiten der Mehrheit der Männer auf seinen Kopf niederprasselten, waren die Antwort darauf. Einige Häuptlinge versuchten, den Betrunkenen in Schutz zu nehmen, indem sie sagten, er sei eben betrunken, aber sie wären dabei beinahe selber verprügelt worden. Als Ergebnis trugen die Dokpak-Chara-Leute ihren blutiggeschlagenen und besinnungslos hingestürzten Häuptling davon. Die anderen, die ihn in Schutz nehmen wollten, waren so eingeschüchtert, daß sie nun still und nachgiebig wurden und allem, was beschlossen wurde, zustimmten. In der Nacht darauf brach der größte Teil der Einheimischen samt Jurte und Vieh in Richtung des Chomdu-Altai auf. Den Hunden hatte man vorher das hintere Loch mit glühendem Eisen angebrannt, damit sie nicht mehr bellen konnten, und die Kälber waren an den Schwänzen der Yakkühe angebunden, damit sie nicht zurückblieben und so die Kühe nicht grunzten. Aufgeladen wurden die Jurten einzig auf Ochsen und Pferde; Kamele waren untauglich für die Geröllhänge und Gletscherpässe, die passiert werden mußten. Alles, was Beine hatte, bewegte sich vorwärts, gen Norden. Es dröhnte die Erde, trotz der Stille, die man zu bewahren versuchte. Und es bewegten sich Berg und Steppe, trotz der verhüllenden, beschützenden Nacht. Die Nacht verging in Frieden, der Tag begann ebenso friedlich. Man sah ringsum, soweit das Auge es erfassen konnte, die Erde schwarzbunt besät und wimmelnd von Mensch und Tier. Mit der aufsteigenden Sonne klarte der Himmel auf, und die Sonnenstrahlen glichen bald Feuerbündeln. Der aus hunderttausend Poren des Erdbodens hervorstrudelnde Staub stieg hoch, verdichtete sich zu rötlich schimmernden Flaumwolken, die gleich Inseln am Himmel unbeweglich hingen, bis sie sich dann von ihren hinteren Rändern her auflösten. Der Troß war von je einem Dutzend bewaffneter Männer an Anfang und Ende beschützt. Die Häuptlinge ritten vorn, einen Schuß entfernt von den Aufklärern. Schuumur gehörte zur Rückendeckung. Mit der hereinbrechenden Hitze erreichte der Kopf des Trosses einen Bach. Nach einer kurzen Beratung der Häuptlinge wurde beschlossen dort zu rasten, bis die Hitze verging. Also lud ab, wer ankam. Die verschwitzten Last- und Reittiere wurden kurzgebunden, sie streckten sich aus und fielen in Schlaf. Auch das andere Vieh, das seinem Willen überlassen war, hatte, kaum den Durst gelöscht, sich hingelegt und schlief. Die Fohlen hatten keine Kraft mehr, die Euter ihrer Mütter auszuschöpfen, inmitten des Saugens fielen sie um, blieben liegen und wieherten leise im Schlaf. Hier und da wurde Feuer gemacht, und die ersten hatten den Tee schon getrunken, der Gersteneintopf zu getrocknetem Fleisch kochte auf, als die letzten ankamen. Und diese kamen nicht zu ihrem Tee, denn die Verfolger kamen schon. Es waren vier Männer: ein Russe, ein Chinese und zwei Kasachen. Sie ritten namhafte Rosse, die Urianchaileuten gehörten. Der Russe hatte eine Mauser, der Chinese einen Säbel umhängen, und die beiden Kasachen waren mit langstieligen Keulen aus getrockneter Birkenwurzel bewaffnet. Die Pferde waren klitschnaß vom Schweiß, Schaum quoll aus ihrem Maul; sie waren gehetzt und konnten nun nicht mehr stehenbleiben. Der vollbärtige Russe auf dem tänzelnden, mit hinaufgestreckten Vorderbeinen in die Luft greifenden Rappen war der Anführer. Was er sagte, wurde von einem der beiden Kasachen, dem Älteren mit dem Schnauzbart und den grünen schrägen Augen eines Fuchses, übersetzt. Es war ein Befehl im Namen der vereinten Obrigkeit der fremden Stämme an die Einheimischen, unverzüglich zurückzukehren. Die Häuptlinge saßen mit betretener Miene immer noch im Kreis, wie sie gemahlzeitet hatten. Auch das einfache Volk wartete still, es wartete darauf, was kommen würde. Nur wenige hatten von dem, was da vom hohen Roß heruntergeschrieen wurde, dem groben Sinn nach etwas mitbekommen. Nach einer Weile brach einer der Häuptlinge das Schweigen, er wandte sich mit einem leichten Kopfnicken an die Fremden: »Hört, ihr Gesandten!« sagte er auf tuwinisch. »Zwar bin ich weder der Älteste noch der Bevollmächtigte in der Runde, aber einer muß reden, und so tue ich es.« Natürlich konnte keiner der Fremden es so verstehen. Also verlangte der Russe nach einem Dolmetscher, der imstande war, ihm das, was gesagt wurde, verständlich zu machen. Der Häuptling wandte sich an die jungen Männer, die bei der Ankunft der Fremden aufgesprungen waren, zu den Waffen gegriffen hatten und nun auf einen Befehl warteten: »Legt die Waffen weg, seid dafür aber umso wachsamer und schneller. Dshürmüd, geh an den Bärtigen heran und übersetze, sag aber nur das, was für ihn bestimmt ist!« Die Männer taten, wie ihnen geheißen. Und diese friedliche Gebärde wirkte auf die Fremden beruhigend. Der Russe, der das Gewehr bisher schußbereit gehalten hatte, legte es aus der Hand, auch die anderen legten ihre Waffen über den Sattel. Dshürmüd war ein junger Bursche, war klein von Wuchs, dafür zäh und flink. Nun stand er am Knie des Russen und übersetzte das, was der Häuptling vorher gesagt hatte. Das Gespräch lief, und man erfuhr, was die Fremden wollten: Sämtliches Vieh, einschließlich Lämmer und Zicklein, sämtliche Waffen, einschließlich Küchenmesser und Getreidesensen, sämtliches Geschirr für Reit- und Lasttiere, sämtliche Tauschgüter, sämtliche Männer, sämtliche Kinder, alle jungen Frauen – mit einem Wort, alles außer den Jurtengerüsten und den alten Frauen. Und weiter erfuhr man, daß mehrere Hundertschaften unterwegs waren, den Auswanderern auf den Fersen.

Der Russe drohte, das begriff man, noch bevor Dshürmüd übersetzte, denn er rollte dabei die Augen, wie jemand, der gewürgt wurde, und erhob die Rechte und ballte sie zu einer Faust, die gleich einer Dokpak in der Luft fuchtelte. Einer der Kasachen versuchte ebenso mit den Augen zu rollen, doch das wollte ihm nicht recht gelingen. Der andere Kasache war blutjung, hatte ebenso schrägstehende, grüne Augen, doch er verriet im Unterschied zu seinem älteren Stammesgenossen nicht die mindeste Gefühlsbewegung und war ein stiller, aufmerksamer Beobachter. Genauso still und beobachtend war der Chinese, er wirkte wie eine auf dem Pferd festgenagelte Holzfigur und krallte sich mit der Linken fortwährend am Sattelknauf fest. Jedes Wort, das der tuwinische Häuptling sprach, war länger, als Dshürmüd es übersetzte, und enthielt Anweisungen. Und so geschah es, daß die anscheinend gelangweilt herumstehenden Männer plötzlich aufsprangen, die Pferde am Zügel packten und ihre Reiter aus dem Sattel warfen. Diese kamen nicht dazu, Widerstand zu leisten, begannen aber, jeder wohl in der Sprache seiner Mutter, zu kreischen, was deutlich machte, daß sie am Leben bleiben wollten. Der junge Kasache wurde zurückgeschickt. Er hatte an seine Häuptlinge folgendes auszurichten: »Wir nehmen nichts Fremdes mit, überlassen euch noch dazu die Erde, die uns seit den Zeiten der Ahnen ernährt hat. Sobald wir den Chomdu-Altai zu Gesicht bekommen, schicken wir eure übrigen Gesandten zurück. Wir behandeln sie gut, geben ihnen Pferde und Wegzehrung, solltet ihr jedoch auf den Gedanken kommen, uns zu verfolgen, werden wir uns verteidigen. Wißt, wir sind ein Jägervolk, selten passiert es, daß wir den Kopf eines Murmeltieres verfehlen. Wir haben genug Schußwaffen, Pulver und Blei. Auch unsere Frauen und Kinder werden sich zu verteidigen wissen. Überlegt es gut, denn sollte es dazu kommen, daß ihr euch nicht zufriedengebt mit unserem Land, und ihr wollt auch unser Hab und Gut, unsere Frauen und Kinder, unser nacktes Leben dazu, und ihr kommt uns nach, so merkt euch dies: Bei jedem Tropfen Blut, den einer unserer Stammesbrüder verliert, werden wir euren Gesandten bei lebendigem Leib das Fleisch herunterschneiden und mit diesem unsere Hunde füttern!«

Der junge Kasache ritt davon, erst im Schritt, dann im Trab, bald schon im Galopp. Keiner dachte mehr daran zu rasten. In Eile wurden die Last- und Reittiere gesattelt und die verpackten Jurtenteile wieder aufgeladen. Ein paar alte Männer, die die Wege kannten, trieben die Pferdeherden vor sich her und bildeten die Spitze; die Frauen mit den Wiegen- und Kleinkindern folgten. Die Yakherden mit den Lasttieren kamen mit, sie wurden entweder angetrieben oder angeführt; die kampffähigen Männer blieben mit den Kleinviehherden hinten und bildeten die Rückendeckung. Die Häuptlinge ritten gleichmäßig verteilt entlang des Trosses, und unter ihrer Aufsicht gingen die drei Geiseln an drei verschiedenen Stellen, jeder an den Schwanz eines jungen, wohlgenährten Pferdes gebunden. Das Pferd wurde jeweils von einem Halbwüchsigen geführt, der den Auftrag hatte, es im Falle einer Gefahr loszulassen. Andere Halbwüchsige ritten im Galopp mit Eilnachrichten hin und her. Die Anweisung lautete, so schnell zu reiten wie nur möglich, und so kam es, daß sie den Hauptteil des Trosses sehr bald aus den Augen verloren. Der Himmel blieb klar und der Mond zog eilig und hell herauf. Die Täler schimmerten, die Berge glänzten. Es war, als ob der soeben untergegangene Tag durch die poröse Haut der Erde hindurchleuchtete.

In der Schlucht des Weißen Sattels ereilte sie das Unglück. Die Verfolger kamen. Man sah sie, noch bevor das Hufgetrappel zu hören war. Die Verfolgten erstarrten vor Schreck, stürzten zueinander, stoben aber alsbald, auf einen warnenden Schrei eines Besonnenen hin, auseinander. Jeder flüchtete, wohin ihm der Sinn stand. Einige jagten geradeaus. Die Hufe ihrer von Peitschenhieben und vom Angstgeschrei wildgewordenen Pferde traten alles nieder, was unter sie kam. So geschah es, daß sie Wege schnitten in die dichtgedrängte Schaf- und Ziegenherde. Andere versuchten, die steilen Seitenhänge zu erklimmen, trieben die Pferde an, bis sie am ganzen Leib zitternd stehenblieben, ihre Beine auseinanderrutschten und umknickten. Jetzt, wo die Pferde nicht mehr weiter konnten und nur noch versuchten, das Gleichgewicht zu wahren, nicht umzustürzen und den Hang hinabzurollen, sprangen die Reiter ab, kletterten auf allen vieren weiter und stürzten in das erstbeste Geröllauge, sobald die ersten Schüsse krachten. Die Herde stob lärmend auseinander, soweit der Platz es zuließ. An beiden Seiten der steilen Geröllhänge, vor ihnen die anderen Tiere, die in Panik eng aneinandergedrängt waren und teilweise schon übereinander lagen, bildeten sie eine zeitweilig unüberwindbare Mauer. Das war Rettung für diejenigen, die die Schlucht hinaufgeflüchtet waren. Die Verfolger gaben einige hundert Schüsse ab, doch wohl mehr aus Übermut, die Ausreißer eingeholt und auseinandergejagt zu haben, und wohl auch aus Zorn, daß der beabsichtigte Blutbach und der Fleischberg nicht sofort zu verwirklichen waren. Trotz des ausgiebigen Mondlichtes erhellten die Schüsse die Nacht. Im Feuerschein der Schüsse konnte man die Umrisse der Verfolger gut erkennen und sie zählen. So heftig die Verfolgten auch beschossen wurden, sie antworteten darauf nicht. Dies geschah zunächst aus Unfähigkeit, etwas zu unternehmen, und später aus Angst, sein Versteck preiszugeben. Nun aber schloß sich daran die Überlegung, daß kein Schuß danebengehen durfte. Jetzt war auch das Allerschlimmste vorüber, und der Schreck war vergangen, denn jeder hatte ein Versteck. Bisher trafen die Schüsse nur einige Pferde, die an den Hängen liegen- oder stehengelassen worden waren. Sie stießen ein kurzes, schrilles Gewieher aus und schlugen schwer gegen die Geröllsteine. Einige stürzten krachend herab, die Steigbügel klirrten, was sich wie eiserne Klageschreie anhörte. Man hätte nun annehmen können, dies würde ängstigen und lähmen, aber hier war das Gegenteil der Fall. Das Sterben der Reittiere verdrängte die Angst der Reiter, und Haß nahm ihre Stelle ein. Es ertönten Flüche, diesen folgten Zurufe, Verständigungszeichen; zum Beispiel, daß ein jeder um sich herum einen Steinwall errichten solle. »Runde Steine!« hallte es vom anderen Hang herüber. »Große zum Rollen, kleine zum Werfen!« Jeder Zuruf zog einen Hagel von Kugeln auf sich. Und das war gut so. Deshalb fielen immer mehr Zurufe. Schuumur lag in einem Geröllauge, das wie ein kleiner Kessel war. Er war mit fünf weiteren Stammesgenossen auf den rechten Hang geflüchtet, sein Pferd war schnell vorangekommen, bis es in ein Gerölloch fiel und darin steckenblieb. Er war weitergerannt, gekrochen und hatte unter Schußlärm diese schutzbietende Stelle erreicht. Er arbeitete im Liegen, kroch hin und her, schleppte Steine herbei, schichtete die größeren in einem Bogen übereinander und häufte die kleineren daneben auf. Bald war der Wall so hoch, daß er hinter diesem bequem sitzen konnte. In der Mitte des Steinwalls war eine Schießscharte, wie bei einer Pirsch auf Murmeltiere. Die Büchse steckte darin, sie war geladen. Schuumur hatte sich fast beruhigt, seine Angst war nicht so groß, daß er einen Menschen als Ziel hätte verfehlen können. Er hatte Zündhütchen und Pulver genug, nur Kugeln waren knapp. Er tastete die Kugeltasche von außen ab und kam im Zählen auf sechzehn. Drei Murmeltiere bei vier Schüssen, das war seine Norm. »Zwölf Treffer«, sagte er sich. Aber die Menschen da unten waren viel mehr. »Einige hundert bestimmt«, dachte er und schüttelte den

Kopf. In seiner Satteltasche hatte er gewiß mehr Kugeln, er hatte auch Blei dort, er konnte davon immer ein Stück abbeißen und es zu einer Kugel kauen; das war zwar nicht gut für die Büchse, einmal jedoch hatte er es in seiner Jagdhitze getan. Schuumurs Reitpferd war noch dort, wo es liegengeblieben war, es lebte noch. »Vielleicht befreit es sich und läuft davon«, dachte er mit Sorge, »dann habe ich keine Kugeln und kein Blei mehr.« Doch konnte er nicht hinkriechen und die Satteltasche holen, ihm fehlte es an Mut. Die Schüsse verstummten. Jetzt waren die Stimmen der Verfolger zu hören, und einzelne, auf kasachisch gesprochene Worte zu verstehen. Sie berieten. Dies hätte für Schuumur die Gelegenheit sein können, das Versteck zu verlassen, sich bis zu seinem Pferd zu schleichen und die Satteltasche zu holen. Aber er war unschlüssig, verpaßte die Gelegenheit. Und bald erfuhr man, was beschlossen worden war: Die Verfolger teilten sich auf; die einen, das war die Mehrzahl, verfolgten den Troß, inzwischen hatte sich nämlich die Herde weiterbewegt, und der Weg war zunächst frei, die anderen bewegten sich in zwei gleichstarken Gruppen in einer langen Reihe auf die Hänge zu. Sie hatten die Pferde unten gelassen, und man erkannte deutlich, wie sie vornübergebeugt herankamen.

»Der über uns ist unser Himmel, er wird uns beistehen. Brüder, zeigt Herz und Verstand, kein Schuß darf danebengehen!« hallte es vom jenseitigen Hang herüber. Der Zuruf löste Schüsse aus, aber die Tuwiner warteten noch. Dafür hallten weitere Zurufe, und sie zogen weitere Schüsse auf sich. Schuumur richtete seine Büchse auf eine Gestalt. Das Korn verschwamm, aber sein Gefühl sagte, daß er richtig gezielt hatte. So drückte er ab und die Gestalt stürzte. Andere Schüsse fielen, Gegenschüsse wurden abgegeben. Der Kampf begann. Schuumur lud nach. Das war einfach gesagt, jedoch schwerer getan: Er holte die Büchse aus der Schießscharte heraus, steckte in ihre Mündung die Bleikugel, schob sie mit einem Stecken hinein, schüttete mit dem Hornlöffelchen Pulver in die Pfanne und legte darauf das Zündhütchen. Auch der nächste Schuß traf. Er sah noch andere Gestalten aus der Reihe stürzen. Die Angst war verflogen. Die Mordlust hatte ihn gepackt: »Brüder!« brüllte er aus Leibeskräften, während er wieder auflud. »Überlaßt die in der Mulde alle mir!« Die Reihe war schon gelichtet. Dafür aber hatten sich Gruppen gebildet, die sich an schutzbietende Stellen begaben. Solch eine Stelle war die seichte Mulde zwischen zwei Geröllhaufen, die leicht abfielen. Die Angreifer glaubten, die Mulde würde ihnen mehr Schutz bieten, weil sie tiefer lag als die Geröllhaufen. Aber Schuumur hatte sie von seinem Versteck aus gut im Blick. Er suchte sich jetzt immer den Vordersten heraus. Das mußte auf die Nachrückenden recht entmutigend wirken, denn der Angriff kam ins Stocken. Dafür wurde er stärker beschossen. Die Schüsse folgten schnell aufeinander. Das waren andere, bessere Gewehre. Die Kugeln trafen den Steinwall, prallten zischend zurück. Das war Schuumur unangenehm, doch war er bestrebt, deswegen nicht schlechter zu zielen. Schreie ertönten, vier Gestalten lösten sich aus dem Schatten und huschten herüber. Die Schüsse fielen noch dichter. Schuumur schrie auf, man konnte meinen, es hätte ihn erwischt. Aber der Schrei hatte einem verfehlten Schuß gegolten. »Feiger Hund!« dachte er selbsthöhnisch, während er nachlud. »Ein paar dumme Räuber stellen sich dir, und du packst Herz und Augen in die Hosen, anstatt dich darüber zu freuen!« Der nächste Schuß traf, allein, die Entfernung war jetzt zu klein, er konnte die Gestalten und die Keulen, mit denen sie fuchtelten, gut erkennen. Zum Nachladen war keine Zeit mehr. Er stieß den Steinwall um, die Steine gingen krachend nieder. Zwei von den kleinen Steinen warf er den großen, langsam davonrollenden nach. Dann sprang er zur Seite und fiel, die Büchse in der Hand. Auf blankem Geröll liegend, beschloß er, an seine Satteltasche heranzukommen, denn er fand in seiner Nähe keinen schutzbietenden

Felsen, keine Mulde. Doch dann schien es ihm, als ob die feindlichen Schützen ihn aus den Augen verloren hatten, denn obwohl die Schüsse weiterkrachten, und er ihnen immer näherkam, schlug keine Kugel in seiner unmittelbaren Nähe ein. Wahrscheinlich hatte er dieses der Färbung seiner Kleidung zu verdanken, denn sein Lawschak und seine Mütze waren alt und ausgeblichen. Bergab kam er schnell voran. Sein Pferd lag da mit weitgespreizten Hinterbeinen und umgeknicktem Hals; es war tot. Er versuchte die Tasche nicht erst vom Sattel zu lösen, sondern zerschnitt sie und nahm Kugeln und Blei an sich. Da fiel ihm ein, daß er, wenn er noch ein Stück weiter bergab käme und dann einen Bogen machte, dem Feind im Nacken säße. Und es gelang ihm tatsächlich, hinter seine Verfolger zu kommen. Von dort aus schoß er alle drei Schützen ab, die er entdeckte. Es waren zwei Russen und ein Kasache. Sie hatten Schnellfeuergewehre, die Schuumur noch nie in der Hand gehabt hatte. Doch wußte er bald damit umzugehen. Zur Probe schoß er in Richtung der feindlichen Pferde, doch der Schuß hätte ihn um ein Haar das Leben gekostet. Es krachte von oben, und er spürte die Kugel dicht am Ohr vorbeifliegen. Schuumur rief: »Brüder, ich bin's, ich!« »Wer denn?« rief der Schütze zurück. »Schuumur. Und wer bist du?!« »Towul!« war die Antwort.

Towul war der einzige Sohn des Buurul-Mergen aus dem Stamme Irgid, ein Spiel- und Jagdgefährte Schuumurs. Derjenige, der soeben geschossen hatte, hätte auch ein Feind sein können. Aber Schuumur hatte in jener Nacht Glück, großes Glück! Der Schlachtenlärm legte sich nach und nach, und bei Morgengrauen verstummten die Schüsse endgültig. Die Verfolger zogen sich mit lauten Zurufen zu ihren Pferden zurück. Es waren bedeutend weniger geworden. Auch die Zahl der Tuwiner war geschrumpft. Es meldeten sich nur noch acht Mann. Sie hatten den Vorteil, daß bei einigermaßen verschlüsseltem Reden keiner von den Feinden ihre Zurufe verstand, während sie die Kasachen jederzeit verstanden. So bestimmten sie den Ort, wie und wo sie sich sammeln sollten. Sie trafen sich unter dem Morgengelb. Doch einer blieb aus, Schuumurs jüngster leiblicher Bruder, der fünfzehnjährige Schundak. Es war ein stummes Wiedersehen, und das wenige, was gesagt wurde, betraf nicht die Nacht, die hinter ihnen lag, sondern den Tag, der bevorstand. Sie hatten keine Pferde mehr, denn diese waren entweder davongelaufen oder erschossen worden. In der Nähe des Weges bleiben und zu Pferden kommen, hieß der Beschluß. Das übrige Schnellfeuergewehr, das Schuumur und Towul mitbrachten, wurde wortlos von einem anderen genommen. Es wurde hell, und sie konnten die Verfolger nun erkennen, die nach ihren Toten suchten. Es waren immer noch viele. »Jetzt können wir sie, wenn wir etwas näher gehen, nacheinander abschießen«, meinte Gümetbej, ein Vetter Towuls. Dieser, nur um zwei Jahre älter als Schundak, war an der linken Schulter verwundet und sah totenbleich aus. Ein älterer Mann jedoch verwarf den Gedanken: »Wozu noch mehr Leichen? Wir werden davon noch genug zu sehen bekommen!« Die Älteren machten Anstalten zu gehen. »Ich habe Schundaks Stimme bestimmt erkannt, er muß kommen«, sagte Schuumur zögernd. »Ich weiß, er war verwundet. Vielleicht lebt er noch.« »Aber er ist nicht der einzige, der bleiben muß!« sagte jemand barsch. Die anderen erhoben sich, und Schuumur mußte mitkommen. Er hatte bis dahin nicht gewußt, daß er den Bruder geliebt hatte. Nun aber spürte er ein Ziehen in der Magengrube, und so war ihm doch noch Unglück in dieser Nacht widerfahren!

Der Tag war heiß, keiner erwähnte den Durst, der wie Feuer in Mund, Hals und Bauch brannte. Ein jeder benäßte die Lippen und rieb die Augen mit Urin, wenn er mußte. Die Verwundeten kamen schwer mit. Außer Gümetbej war noch Boltschaß aus dem Stamm der Weißen Sojanen verletzt, ihn hatte es in den Brustkorb getroffen. Die Wunden waren mit in Urin aufgelöstem Schießpulver ausgewaschen und mit dem eigenen Hemd verbunden. Nun gingen sie, von anderen gestützt, stöhnten ab und zu, und man sah, daß sie große Schmerzen zu ertragen hatten. Doch am frühen Vormittag kamen sie zu Pferden. Sie stießen auf die Herde der vorangegangenen Nacht, die von einem Dutzend Männern, zumeist Kasachen, je einem Chinesen und einem Russen zurückgetrieben wurde. Die Männer waren mit Keulen und Säbeln bewaffnet, einzig der Russe hatte ein Gewehr, doch er kam nicht dazu, es zu gebrauchen.

Die Tuwiner kamen ihnen zuvor, und die Ahnungslosen wurden aus nächster Nähe niedergemetzelt. Einige stürzten vom Pferd und ergaben sich. Unter diesen waren der zurückgeschickte Gesandte vom Vortag, der mit den schrägstehenden grünen Augen und ein anderer Junge von etwa zehn Jahren. Der Ältere kniete sich nieder, warf seinen Ledergürtel über den Hals und begann zu flehen: »In dieser Haltung beten wir Kasachen zum Himmel. Jetzt aber bete ich zu euch: Laßt den Jungen am Leben! Er ist der letzte der vier Söhne des Temirbek, er ist zu jung zum Sterben, laßt ihn noch eine Weile leben, ich bitte euch im Namen des Himmels!« »Was soll mit dir selber geschehen?« fragte man ihn. »Mich könnt ihr ruhig töten«, sagte er. »Das werden wir auch gleich tun«, entgegnete man ihm kalt, »da du die Botschaft deinen Leuten nicht überbracht hast, wie unser Häuptling sie dir mitgegeben«. »Der Himmel weiß, daß ich sie überbracht habe! Aber was habe ich, was haben wir armen Schlucker darauf Einfluß, was ringsum geschieht?« klagte er inbrünstig. Darauf fügte er dem hinzu: »Oder ist das bei euch etwa anders?!« Er bekam die Antwort auf seine Frage, die frech gewesen war und einem Schlag geglichen hatte: Man erschlug ihn mit seiner eigenen Keule. Das gleiche geschah mit den anderen, die sich ergeben hatten. Auch den Jungen hatte man schon an der Gurgel gepackt, er hatte die Arme um den Kopf gepreßt und kreischte wie ein Tier.

Schuumur wurde an seinen Bruder erinnert, er spürte wieder das Ziehen in der Magengrube. Er trat vor, hielt die Hand, die jenen an der Gurgel gepackt hatte, und sagte: »Laß den Bengel!« und zu diesem: »Setz dich auf dein Pferd und treib die Herde zurück! Weh dir aber, wenn du davonreiten willst, dort hinten sind noch unsere Männer, kapiert?!« Jeder von ihnen suchte sich ein Pferd aus, einer nahm auch das Gewehr mit, und sie eilten davon. Der Kasachenjunge blieb mit der Herde zurück, und es war schwer zu sagen, was er empfunden haben mochte, Freude oder Trauer.

Nicht lange darauf stießen sie auf die Hauptmacht der Verfolger. Sie trieben eine große Herde von Yaks und Pferden vor sich her. Es war sinnlos, mit ihnen kämpfen zu wollen, denn es waren an die hundert oder noch mehr. So flohen sie. Eine Horde jagte ihnen nach, und die Jagd dauerte lange. Viel wurde auf sie geschossen, und immer weniger wurden die, die im Sattel blieben. Als endlich ein Wald kam, waren sie nur noch zu zweit. Schuumur und Gümetbej – ausgerechnet er, der Verwundete, hatte es geschafft. Er hatte ein gutes Pferd erwischt, einen Dunkelbraunen mit dem Kopf eines Käfers. Es diente ihm noch viele Jahre, zum Schluß erwies er ihm die hohe Ehre: Er schlachtete es. Jetzt erst, wo sie in Sicherheit waren, merkte Schuumur, daß er verwundet war. Aber es war eine leichte Wunde, am rechten Oberschenkel, der Knochen war unversehrt. Er wusch sie aus, legte darauf die heiße Asche von verbranntem Roßhaar und verband sie. Sie heilte schnell aus.

Die Nacht darauf passierten sie den Gletschersattel und betraten den Boden des Chomdu-Altai. Noch gegen Abend des nächsten Tages holten sie den Rest des Trosses ein. Nur eine kleine Herde Yaks und Pferde waren mitgekommen, und nur wenige Männer waren übriggeblieben. Auch die anderen Einheimischen hatten Verluste erlitten, denn die Räuber hatten sie auf der allerletzten Strecke erwischt. Unter Beschuß war der Troß den Gletscherhang heruntergeschlittert. Die steilsten

Stellen hatten Mensch und Tier auf ausgebreitetem Filz passiert. Man hätte den Jurtenfilz liegenlassen können, doch dann wäre das Unglück noch größer gewesen. So hatte man die rettenden Filzdecken den Verfolgern weggezogen. Sie konnten sich nicht auf das Glatteis wagen, blieben stehen und schossen den dahinflüchtenden Menschen und ihren wenigen Tieren noch lange nach.

Den drei Geiseln war der Tod widerfahren, den man ihnen angedroht hatte. Für eine längere Qual hatte die Zeit allerdings nicht ausgereicht. Schuumurs Vater war gefallen, seine Mutter war vorher umgekommen, und auch sein anderer Bruder fehlte. Aber Dshajnaasch war mit Dombuk unverletzt geblieben, und auch von der Jurte waren noch ein paar Filzdecken und Kleidungsstücke übriggeblieben. Von den Tieren war lediglich die graue Stute mit ihrem zweijährigen Fohlen durchgekommen. Man nahm die Flüchtlinge gut auf, sie verdingten sich bei wohlhabenden Leuten. Ein paar Ziegen zum Melken erhielt man von ihnen und mit der Zeit kam man zu einer eigenen Jurte, ja, auch zu einer eigenen Herde. Manchem erging es sogar sehr gut. Einige von den Vermißten kamen noch nach, zu Schuumur aber kam niemand, weder einer seiner Brüder noch jemand von den Verwandten der Frau. Schuumur blieb trotz seines guten Rufes als Jäger ein unscheinbarer Mann. Von seinen Kriegserlebnissen erzählte er niemandem etwas, und auch mit Gümetbej sprach er niemals darüber. Dieser war sein einziger Zeuge, doch auch er blieb stumm.

Zehn Jahre später begegnete Schuumur auf dem Rückweg von einer Jagd inmitten der Steppe der Chara-Büüre einem jungen Kasachen, der eine ansehnliche Pferdeherde vor sich hertrieb. Der Kasache nannte sich Kaissa und gab die Herde als seine eigene aus. Sie trennten sich und jeder ritt seines Weges. Nach einer kleinen Weile aber kehrte Schuumur um, rief den Kasachen zurück und fragte ihn, wessen Sohn er sei. »Des Temirbek«, gab jener verwundert zur Antwort und sah sich dabei den Jäger genau an. Später begegneten sie sich noch einige Male. Sie wechselten Grüße, die von Mal zu Mal ausführlicher wurden. Doch wußte Schuumur nicht, ob Kaissa ihn wiedererkannt hatte und ob dieser ihm freundschaftlich oder feindlich gesinnt war.

Der Baj saß in einer Fleischrunde mit Männern, die Schuumur nicht kannte. Grüße wurden gewechselt, so umständlich, so eindringlich, so präzise, wie es die Sitte erforderte. Eine der Fragen, die der Hausherr an den Ankömmling richtete, betraf das Wohlergehen der Gattin. Schuumur wurde stutzig, dachte aber dann, daß die Nachricht über den Tod seiner Frau den Baj eines fremden Stammes durchaus noch nicht erreicht haben könnte, und so beantwortete er die Frage mit einer unbestimmten, allgemeinen Erwiderung, die den Willen des Himmels zum Gegenstand hatte. Er wollte keine Aufklärung, da eine solche Trostreden hervorgerufen hätte, die er satt hatte. »Besser beneidet als bemitleidet zu werden«, war der Gedanke, den er hinter seiner Stirn trug. So sprach er würdevoll, nachdem er die erste Schale Tee ausgetrunken und einige Scheiben von dem kleingeschnittenen und in die Schüssel geworfenen, fetten Lammfleisch in den Mund geschoben hatte: »Stark und schmackhaft ist der Tee, den deine Bajbische gekocht hat, fett und zart ist das Fleisch, das auf deinem Dastarkan liegt, Hausherr. Dank sei dir dafür. Doch du ahnst, Baj, daß ich nicht gekommen bin, um deinen Tee zu trinken und dein Fleisch zu essen. Ich bin gekommen, um dich um deine Kamele für eine Wegstrecke zu bitten!« Der Baj erwiderte verwirrt: »Warum gerade meine Kamele, wo sie noch reisemüde und mager sind? Wo es ältere und mächtigere Bajs gibt als mich, der ich den ehrenvollen Ruf erst seit gestern genieße, und die älteren und mächtigeren Bajs die deinen sind und dir näherstehen als ich, der herbeigelaufene Kasache, und wo doch deine Bajs Kamele haben, die vieljähriges Fett mit sich herumschleppen?« Schuumur nahm bedächtig das Fettuch, wischte damit Mund und Finger ab und sprach mit erhobenem Haupt und gezieltem Blick auf Kaissa: »Sohn des Temirbek, du sprichst Wahres. Nur will ich weder deine Herkunft noch deine Vergangenheit antasten, der Himmel stehe uns zum Zeugen! Du bist einer der neuen Bajs, die noch nicht viel gesehen haben. Doch das ist nur die halbe Wahrheit. Die sechs Kamele meines Vaters Gonsat mußten jenseits der Schneeberge bleiben und mit ihnen die sechshundert Kamele meiner Stammesbrüder. Hier bin ich ebenso wie du ein Hergelaufener. Die Bajs mit den fetten, ausgeruhten Kamelen stehen mir nicht um einen Fingerbreit näher als du. Nein, du irrst dich, das Gegenteil wird wohl der Wahrheit näherkommen, denn es gibt etwas, was dich und mich miteinander verbindet. Ich bin nicht gekommen, um deine ganze Herde davonzutreiben. Ich brauche nur drei oder vier Kamele. Ich will damit nicht über den Altai. Nicht Göge-Dogaj, nicht die Schlucht des Weißen Sattels, nicht die Steppe zwischen ihr und dem Schwarzen See ist mein Ziel. Nein, ich will lediglich meine Jurte von Erik-Arga nach Unagan herübersetzen. Ich werde dafür bezahlen, und dies nach deinem Mund!«

Der Baj aber lachte leise vor sich hin und sagte: »Schuumur, Mann, auch jetzt gefällst du mir. Warum ist aus dir bloß kein Baj geworden?« Funken sprühten aus seinen schrägstehenden grünen Augen, als er dies sagte. Aber die unteren Augenränder zuckten. »Klar«, sagte er, »die Kamele bekommst du. Ich brauche keine Bezahlung. Aus deinem Munde kamen Worte, die für mich mehr sind als die Murmeltierfelle oder die Ziegelteeschnipsel, die du mir geben willst. Ich hörte von einem Mann namens Dshaniwek, der ein großer Baj war. Am Eingang seiner Jurte hingen Lumpen, die keiner entfernen durfte. Gefragt nach dem Warum, erzählte er: Diese habe ich einst getragen, und solange sie dort hängen, vor meinen Augen, vergesse ich nicht, wie ich einmal gewesen! Bei deinen Worten mußte ich daran denken, Schuumur!«

Die Sonne ging unter, still kam die Dämmerung. Der Tag neigte sich, und das Rauschen des Windes schlich näher an den Saum des Waldes und die Ufer des Flusses heran. Der Aufgang des Mondes stand bevor, und Schuumur befand sich auf dem Heimweg. Er führte vier Kamele mit sich, die durch den Nasenstrick hintereinander gekettet waren. Inmitten der Berge, der Wälder, der Steppe und des Flusses ergaben sie mit ihm, dem Mann zu Pferde, ein erhabenes Bild. Am Morgen war er den Fluß hinabgeritten, jetzt ritt er denselben Strom einige Täler weiter oben wieder hinab. Er hatte einen Tag hinter sich, und dieser Tag war lang und schwer gewesen, fast wie ein ganzes Leben.

Gulundshaa bangte und fieberte um diese Zeit. Sie hatte Angst vor dem Wiedersehen mit Schuumur. Sie wußte nicht, wie er sich ihr gegenüber verhalten würde. Doch hatte sie für ihn ein warmes Essen bereitstehen. Seine Kinder hatte sie schon bewirtet. Jetzt war es bei ihnen in der Jurte still. Die Rauchöffnung verriet keinen Lichtschein, wahrscheinlich schliefen sie schon. Jedesmal, wenn das Gewieher losging, erschrak sie und meinte, jetzt könnte er kommen. Dann hielt sie inne und lauschte. Aber der Hund blieb stumm. Nur der Wald und der Wind schienen abermals mit neuer Wucht zu rauschen, und auch das Vieh draußen in der Hürde schien im Wiederkäuen einen kleinen Aufschwung bekommen zu haben. Das Feuer wurde wieder hörbar, aus der Glut vom niedergebrannten Lärchenholz kamen Geräusche, die Atemzügen ähnelten. Mal war es die Stute, mal das Fohlen, das zu wiehern begann. Gleich kam die Antwort von der anderen Seite der Jurte. Dann ging es hin und her, es war wie ein Wechselruf, wie ein Wechselgesang, wie eine Wechselklage. Aber irgendwann verstummten auch sie. Gulundshaa berührte den bauchigen Messingtopf auf dem Herd hin und wieder mit der Handfläche, um festzustellen, ob er noch warm war. Im Topf war Hammelbrühe, in der ein Schulterblatt und vier hohe Rippen schwammen. Die Stücke waren noch vom Sogum. Gulundshaa hatte sie gleich zur Seite gelegt, sie sollten Schuumur vorgelegt werden, wenn er käme. Als dann das Fleisch anfing, Faser um Faser von außen weich zu werden, hatte sie die auserlesenen Stücke nachträglich gesalzen und über den Rauch gehängt. So waren sie gut getrocknet und verströmten nun, in der eigenen, brodelnden Brühe schwimmend, den sättigenden Geruch richtig behandelten, guten Fleisches. Die Frau hatte für die Kinder und sich selber andere Stücke herausgefischt. Dabei hatte sie sich geschämt, als sie eine versehentlich mit herausgenommene hohe Rippe wieder in den Topf zurückgeben mußte. Anfangs hatte sie Hemmungen gehabt, die Kinder zum Essen zu holen, und auch jetzt war sie sich nicht sicher, ob sie richtig gehandelt hatte. Zwar hatten die Kinder gern gegessen, und Dombuk hatte dabei von diesem und jenem, bald wie eine Mutter, bald wie ein Kind, draufloserzählt. Dann war sie aufgestanden und mit einer Kelle Milch zurückgekommen und hatte gesagt: »Awaj, vielleicht möchtet Ihr noch einen Tee vor dem Schlafengehen.« Vor dieser so frühgebackenen, weiberhaften Dombuk hatte Gulundshaa Hemmungen. Sie kam sich wie eine Diebin vor, die den Kindern etwas wegnehmen wollte. Was genau, wußte sie nicht. Vieh hatte sie ja selber, nicht viel, doch auch nicht weniger als Schuumur. Da waren zunächst zwei Yakkühe, von denen jedes Jahr eine kalbte und die andere aussetzte; das vorjährige Kalb trank die Muttermilch weiter, wuchs kräftig, setzte gutes Fett an und gab nach Milch und Erdsalz schmeckendes, süßwürziges Fleisch, wenn es zum Frühwinter geschlachtet wurde. Somit bildeten ihre Yaks eine jener sprichwörtlichen Zwergherden, die weder ab- noch zunahmen. Von zwei Yakkühen war seit jeher die Rede, wenn es um die mühselige, schwere Existenz kleiner Leute ging. Darüberhinaus hatte sie eine Handvoll Kleinvieh, deren Zahl von Zeit zu Zeit schwankte. Zur Zeit waren es zwischen zwanzig und dreißig. Die Ziegen waren alle blau in der Farbe und hatten Stummelohren. Sie waren Nachkommen einer einzigen Ziege, die aus der Herde des Bajs Chylbang stammte. Dieser berühmteste Baj seiner Zeit hatte viele ausgeprägte Eigenschaften und Angewohnheiten, die für seine Mitwelt nicht ohne Bedeutung waren. Eine dieser Eigenschaften war eine gewisse Freigebigkeit, die andersherum auch als Großtuerei ausgelegt werden konnte. Der Baj gab hin und wieder Vieh an arme Leute ab, das er in seiner Herde nicht haben wollte. Meistens waren es Ziegen, und es wurde erzählt, der Mann könne sie nicht leiden, aber andererseits brauchte jede Schafherde eine gute Anzahl von Ziegen als Leittiere. Vor Schnee und Wasser, vor denen die Schafe zurückschreckten, machten Ziegen keinen Halt. Also hatte auch der Baj, der ein Ziegenhasser war, Ziegen in seinem Besitz. Aber die überflüssigen verschenkte er. Das war auch seinem Ruf als edlem Baj dienlich gewesen. So war es geschehen, daß Gulundshaa mit ihrem Kind in ihrer ersten Zeit als Umsiedlerin am Ail des Chylbang vorbeikam, und dieser ihnen eine Ziege mit einem Zicklein schenkte. Ziege und Zicklein waren beide von der Farbe, die die Tuwiner als wasserblau bezeichnen. Beide hatten Stummelohren und sie vermehrten sich recht gut, ja, es kam hin und wieder sogar vor, daß eine Ziegenmutter Zwillinge zur Welt brachte oder eine andere in einem Jahr zweimal warf. Die blaue Farbe und die Stummelohren blieben weitgehend erhalten. So war die gedeihende Herde Gulundshaas in der ganzen Gegend erkennbar. Auch Gulundshaa verschenkte alle Jahre ein oder zwei Zicklein. Es gab eben ärmere Menschen, für die eine Ziege ein kleines Vermögen bedeutete und denen ein stummelohriges Junges besonders gefiel. Gulundshaa sagte dann lachend: »Na, mein Kind, das Zicklein hättest du gern, was? Gut, binde dir den Ton-Saum, daß es gut gedeihen möge. Es ist deines, nur mußt du warten, bis Herbst wird und es nicht mehr auf die Muttermilch angewiesen ist.« Dabei sprach sie mit einer ernsten Miene feierlich sanft: »Es ist ein Nachkomme einer großen Herde und die Gabe eines großen Menschen. So möge es auch dir der Ursprung einer ganzen Herde sein!« Die Freigebigkeit Gulundshaas, ihr lockerer Umgang mit ihrem nicht gerade großen Vermögen wurde von ihren Mitmenschen unterschiedlich ausgelegt. War es für die einen ein Grund zum Lob, so war es für die anderen Anlaß zu wohlgemeintem Tadel und für andere wieder Gelegenheit zum Spott. Allerdings schien sie sich aus solchen fremden Meinungen nichts zu machen, sie blieb das, was die Menschen fälschlicherweise leichtsinnig nennen.

Sie besaß auch einige Schafe, von denen man nicht so genau wußte, auf welchem Wege sie zu ihnen gekommen war. Man nahm nur an, daß sie sie durch ehrliche Arbeit verdient hatte. Denn die Frau hatte nicht nur ein schönes Äußeres und ein freundliches Wesen, sie hatte auch flinke, geschickte Hände: Sie konnte Felle gerben, nähen und auch stricken, eine Kunst, die den tuwinischen Frauen bis dahin völlig unbekannt gewesen war. Sie hatte es bei einer Russin abgeschaut, und nun brachte sie es diesem und jenem jungen Mädchen bei. Dienste wurden hierzulande seit altersher nicht bezahlt, sie wurden belohnt. Größere Dienste, wie ein halbes Dutzend Schafhäute zu pellen und zu gerben und daraus einen Ton zu nähen, erforderten eine größere Belohnung, und diese konnte durchaus ein Hammel zum Schlachten oder zumindest ein weibliches Herbstlamm sein. Schließlich hatte sie noch ein Pferd, eine Stute, nur diese wollte im Unterschied zu der Ziege nicht gedeihen. Die dunkelbraune Stute mit der winzigen Blesse und der fast runden Narbe auf der rechten Innenwade war eine wahre Unglückskreatur: Sie setzte entweder aus oder hatte eine Fehlgeburt, oder das Fohlen krepierte ihr. Aber nicht nur das: Die Stute hatte so gut wie keinen Besitzer, war herrenlos, denn die Frau kümmerte sich nicht nur selten um das Tier, sie schien auch nichts davon wissen zu wollen. Welcher Herde die Stute sich zuweilen anschloß, blieb dem Zufall überlassen. So manchem, der ein Pferd brauchte, bot Gulundshaa die Stute mit der Bemerkung an: »Es wird dich wohl nur zu viel Mühe kosten, sie zu finden.« Man nahm das Angebot meistens nicht an. Vielleicht brachte man es nicht übers Herz, die einzige Stute einer armen, alleinstehenden Frau zu benutzen. Setzte man sie davon in Kenntnis, daß die Stute wieder kein Fohlen hatte, lachte sie leise und sagte: »So? Die alte Dirne wird wohl ins Salz gehen, ohne ein wenig Glück im Leben gehabt zu haben!« Es war schwer zu erkennen, ob sie es mitleidig meinte oder schadenfroh. In das Salz gehen, bedeutete in der Sprache der Tuwiner Sterben.

Gulundshaas Schicksal war noch vor ihrer Geburt bestimmt. Ihr Vater war Beg, ein sehr kleiner zwar, aber immerhin einer. Ein Beg und seine Nachkommen, wurde behauptet, hätten weiße Knochen. Gulundshaa war das Erstlingskind. Auch das war von Bedeutung. Ihre Mutter Gündej-Gadyn war in guter Hoffnung, und das lieferte Gesprächsstoff für das winzige Reich inmitten des großen, weiten Landes. Und was im Reich erzählt wurde, drang dann auch ins Land hinaus. Eines Tages kam ein Paßreiter in einem seidenen Lawschak und einer seidenen Weste zu der Palastjurte des Begs, und es stellte sich heraus, daß der Ankömmling ein Baj eines Urianchai-Stammes war. Der Baj wollte nicht mehr und nicht weniger als das ungeborene Kind als Braut oder Bräutigam für eines seiner eigenen Kinder, die schon geboren waren oder noch kommen würden. Es mußte ein mächtiger Baj gewesen sein, denn er hatte teure Geschenke mitgebracht. »Das ist nur für euch beide, Chuda und Chudagyj«, sagte er, während er die Geschenke auspackte, »das Braut- oder Bräutigamsgeschenk wird noch kommen, aber dazu muß ich vorher wissen, wen sie mir schenken, Chudagyj, einen Schwiegersohn oder eine Schwiegertochter!« Der Beg verpflichtete sich, dem Baj eine Botschaft zukommen zu lassen, sobald das Kind das Licht der Welt erblickt haben würde. Gulundshaa kam zur Welt, aber da gab es ihren Begvater nicht mehr. Er war erschlagen worden bei einer Schlägerei, die ausgebrochen war zwischen seinen Leuten und denen eines benachbarten Stammes wegen einer Weidefläche. Und das Reich war zerfallen. Die Begwitwe, zu der keiner mehr Gadyn sagte, fand niemanden, der zu dem Baj ritt, um zu sagen, daß jener eine

Schwiegertochter hatte. Darüberhinaus wird sich die Frau wohl auch gefürchtet haben, der Baj könnte seine Geschenke zurückhaben wollen.

Nach einiger Zeit jedoch kam ein Gesandter des Bajs geritten. Der Chuda hatte sagen lassen: »Was ist denn los, ihr lieben Chuda-Leute? Will euer Sprößling nicht an meinem bescheidenen Reichtum teilhaben, oder ist ein Unglück geschehen?« Der Gesandte nahm die Nachricht mit, eilte davon; nie wieder hörte man etwas von dem Chuda. Obwohl die Geschenke blieben, wurde Gündejs und ihrer Tochter Besitz immer kleiner. Und mit dem Dahintauen des Besitzes und dem Dunklerwerden der Jurte nahm die Zahl der Besucher, genauer gesagt, der männlichen Besucher zu. Und immer häufiger kam es vor, daß dieser oder jener über Nacht dablieb. Gündej war nicht nur eine schöne Frau, man hätte sie, wäre sie keine Frau, sondern eine Stute gewesen, auch als feurig bezeichnet. Doch für eine Frau, die in sich Lebensfeuer trug, hatte die tuwinische Sprache eine andere, sehr viel weniger wohlklingende Bezeichnung.

Aus Gulundshaa wurde ein schönes Mädchen. Tuwa ist seit altersher kein Glücksboden für schöne Frauen gewesen. So war klar, daß die gewesene Tajshy und verschmähte Braut es im Leben nicht leicht haben würde. Nun kam die Geschichte der Mutter hinzu, was zur Folge hatte, daß zwar jeder Jüngling das schöne, heranreifende Mädchen begehrte, aber die Eltern es sich nie als Schwiegertochter wünschten.

Gulundshaa trat aus der Jurte heraus und mußte vor schreckhafter Freude die Augen schließen; sie stand taumelnd und flüsterte vor sich hin. Der Mond kam auf, er berührte noch mit dem unteren Rand die Baumwipfel über dem Bergkamm. Obwohl es drinnen hell gewesen war, von der Glut im Herd und der Talglampe im Dör, hatte sie die Gegenwart des Mondlichtes verspürt. »Muttermond!« dachte sie inbrünstig. »Dein Licht beleuchtet so manchem nächtlichen Reiter den Weg und bannt so manche Gefahr!« Plötzlich fuhr sie zusammen, dunkel und rund zielten ihre Augen unbestimmt in die mondhelle, stille Welt hinaus. Sie war vor ihren eigenen Gedanken erschrocken. Wieder war sie zu schnell und zu leichtfertig gewesen. Sie hätte sich von Dombuk nicht überreden und ihre Jurte dort lassen sollen, wo man sie abgeladen hatte. Dann wären sie wenigstens Nachbarails gewesen, und es hätte nicht so ausgesehen, als ob sie ihn überfallen wolle, dazu noch in seiner Abwesenheit! Aus dem Abstand eines Nachbarn hätte sie erst erfahren können, wie man zu ihr stand. Dann wäre selbst eine Zurückweisung nicht so schlimm gewesen, auf alle Fälle wäre man davon nicht so hart getroffen worden! Und sie, Gulundshaa, hätte die kleinen Hilfen, die sie im Sinne hatte, ihm und seinen Kindern auch von dort aus zukommen lassen können. So aber?!

In ihrer Jugend war Gulundshaa eine reifende und begehrte, aber verbotene Beere. Sie heimlich zu pflücken und sich hierdurch eine süße Nacht zu verschaffen, dazu schien den Männern der Mut nicht zu reichen. Das Mädchen, das die noch blutjung verwitwete Mutter mit dem Geruch eines sündigsüßen Lebens früh genug angehaucht hatte, konnte schwerlich warten und auf etwas verzichten, das ihren Gleichaltrigen vergönnt war. So ging sie mit ihren, für damalige Zeit recht fortgeschrittenen achtzehn Jahren dem Schicksal entgegen, reizte einen Jüngeren erfolgreich zu einem Zusammenspiel für die erste schauerlich-schöne Liebesnacht. Der Bengel mußte damit groß angegeben haben, denn die Sonne war noch nicht untergegangen, als schon der nächste kam. Gulundshaa war keine, die wie ein Paßgeher die Reiter wechselte, nein, auch später wurde aus ihr keine solche. Aber nun hatte sie nicht nur den Geruch, sondern auch den Geschmack in sich, und so mußte sie ab und an jemanden nehmen, um mit ihm die Grillen aus dem Leib zu treiben. Und da war es geschehen: Sie war schwanger. Lange wußte sie nicht, von wem sie das Kind empfangen hatte. Aber auch wenn sie es gleich gewußt hätte, so wäre es ihr dadurch keineswegs leichter geworden. Die Mutter schimpfte nicht mit ihr. Und keiner der Männer kam mehr, sie mußten erst warten. Das Kind kam, es war ein Junge. Das war bitter, und doch auch gut so, denn nun waren Mutter und Tochter nicht mehr so einsam. In der mannlosen Jurte gab es wieder einen Mann, wenn auch nur einen künftigen.

Dieser und jener Mann kam und ging wieder. Halb enttäuscht, halb erleichtert, wie ihr schien. Auch jener, von welchem das Kind stammte, kam. Er war ein kleiner Ringer und hatte, wie die meisten seiner Artgenossen, einen starken Körper mit einem schwachen Kopf darauf. Auch war er nicht etwa mit einem Brühhammel oder wenigstens einem Windeltuch erschienen, nein, er wollte nur übernachten, nur mit ihr das Bett teilen! Gulundshaa griff die Mütze auf, die er längst auf die Truhe im Dör, neben die Familienheiligtümer gelegt hatte, legte sie auf seinen Schoß und sagte: »Geh und sieh, daß sich unsere Wege nie wieder kreuzen!« Sie sagte es sanft, fast flüsternd, fast bittend, aber er mußte begriffen haben, daß hinter der Ruhe, die die gewesene Tajshy, diese Person mit den weißen Knochen, ausstrahlte, ein kleines Tier, ein Raubtier, sprungbereit auf der Lauer lag, denn er ging und kam nicht wieder. Statt seiner kam Schuumur. Er war jung, ahnungslos und hartnäckig. So versetzte er ihr Blut schnell in Bewegung. Doch sie hielt sich lange im Griff. Es bereitete ihr Spaß, den vor Kraft und Saft strotzenden, vom Willen glühenden und von der Neugier kranken Burschen leiden zu sehen. Dann jedoch war der Spaß verflogen, und er tat ihr leid. So nahm sie ihn zu sich wie einen Gekränkten, der getröstet, wie einen Kranken, der gepflegt, wie ein Kind, das erzogen werden mußte. Seine Lust war schnell gestillt, die ihre erwachte erst. So schlief er ein, und sie blieb wach. Sie lag neben ihm, glühte von seiner Hitze und ihrer eigenen Lust. Auf der anderen Seite neben sich spürte sie durch die Holzwiege ihr Kind. So lag sie zwischen zwei Schlafenden und wußte nicht, was sie tun sollte, jetzt und später. Ausgeschlafen stand er am Morgen auf und ging ernüchtert wie auch gesättigt davon. Sie blickte ihm nach und dachte: »So wird es immer sein. So mancher kommt flammend, erreicht, was er will und geht erkaltet zurück. Und wem die Gier gestillt, der Brand gelöscht ist, der braucht nicht zurückzukommen ...« Aber Schuumur war am Abend wieder da. Gulundshaa weinte versteckte kleine Tränen beim Kesselaufsetzen zum Teekochen, beim Melken und Bettenmachen. Freilich mußte sie für ihn im Dör ein gesondertes Schlaflager errichten, der Mutter wegen, die es auch so tat, wenn ein Besuch ihretwegen kam. Diese Schlafstätte im Dör war nur zum Schein aufgeschlagen. Ihr eigenes Bett machte Gulundshaa besonders sorgfältig und so breit wie möglich zurecht. Die Nacht war sehr schön. Aber mit der Zeit wurden die Nächte noch schöner. Sie gewöhnten sich aneinander, es begann sich etwas zu bilden, was sie miteinander verband. Schuumur war ein schweigsamer Mensch, der düster und barsch wirkte, doch konnte er anders werden, zärtlich und ein wenig eitel auch. Ihr kam es vor, als zöge er abends nicht nur die Kleidung, sondern auch eine darunter befindliche unsichtbare Hülle aus. Die Bitterkeit begann aus Gulundshaa zu weichen. Das Leben verwandelte sich in eine Nacht, die wunderschön, aber viel zu kurz war, jedoch immer wieder kam, jedes Mal die eine Kostprobe nur, wie ein blendender Zwischentraum inmitten eines langen, hellen Traumes. Schuumur schien nicht an die Zukunft zu denken, auch Gulundshaa tat es nicht, fast nicht. Nur manchmal dachte sie daran, was aus ihnen beiden eines Tages werden könnte. Dieser Gedanke zog auch andere Gedanken nach sich: Was würde aus dem Kind und was aus ihrer Mutter werden? Doch wie viele Fragen auch aufkamen, nicht eine Antwort war zu finden. Das machte sie stutzig, aber deswegen wollte sie nicht auf das greifbare Glück verzichten. Sie dachte nicht daran und gab und nahm bedenkenlos. Sie wollte und konnte nicht anders. Sie wünschte sich Schuumur als Ehemann, konnte es ihm jedoch nicht sagen. Einmal jedoch rutschte ihr ein diesbezügliches Wort aus dem Mund. Es traf ihn, als wenn es kein Wort, sondern ein Schuß gewesen wäre. Er sah sie an, wie noch keiner sie angesehen hatte. Nicht Freude, nicht Zorn, nicht Schreck konnten es gewesen sein, die aus ihm kamen, über sein Gesicht und seine Glieder zu huschen und gleich wieder in ihn zurückzukehren schienen. Vielleicht war es nur Ratlosigkeit. Das traf auch sie, nur sie empfand vielmehr Mitleid mit ihm als Enttäuschung. So redete sie drauflos von anderen, von belanglosen Dingen, versuchte wohl damit die Spuren der unerlaubten Gedanken vorwärts und rückwärts zuzuschütten. Aber lange empfand sie ein schweres Schuldgefühl ihm gegenüber, wenn sie daran dachte. Das Wort, das ihr in einer Minute der Besinnung inmitten einer Stunde des großen Glücks entrutscht war, hatte sich erhalten wie eine unheilbare Wunde; die feinen, dünnen Schmerzensfäden, die von ihr ausgingen, rissen in all den Jahren nicht ab. Nun spürte sie sie wieder so deutlich wie damals vor nun fast zwanzig Jahren. Das alles war im Winter gewesen.

Das Frühjahr brachte die Entscheidung, die eine große Enttäuschung war. Schuumur heiratete. Es war eine stille, plötzliche Heirat, ohne Vorbereitung, ohne Hochzeit. Er hatte ihr davon nichts erzählt. Auch auf einem anderen Wege hatte sie davon nichts erfahren. Plötzlich stand sie vor vollendeten Tatsachen. Gulundshaa lebte wie betäubt dahin. Sie hatte mehr Grund dafür, als irgend jemand vielleicht vermutet hätte. Sie war schwanger. Das wußte vorläufig nur sie. Aber diesmal wußte sie genau, von wem. Sie hatte in der ganzen Zeit nur ihn gehabt. Merkwürdig, sie wollte auch jetzt keinen anderen haben. Das war in dem berüchtigten Jahr des Weißen Affen. Das Frühjahr kam zeitig und begann heiter, das Wetter schlug jedoch dann jäh um, verfing sich und wollte nicht enden. Ein Schneesturm löste den anderen ab, oft tobte er Tag und Nacht. Als dann der Schnee vom Wind zerfegt, zerlegt und schließlich aufgebraucht war, setzte das schwarze Unwetter ein. Die Sandstürme kamen. Sie dauerten bis tief in den Sommer an. Die Herden wurden kleiner und kleiner, liefen Gefahr, ganz einzugehen. Die Menschen kämpften, so gut sie nur konnten, um ihr Überleben. Wo ein Mann war, bildete er eine Säule, um die sich alles scharte, an der sich alles festhielt. Wo kein Mann war, da mußte man selber die Säule sein und sein bißchen Hab und Gut festhalten, die Herde retten. Gulundshaa und ihre Mutter taten, was sie konnten. Doch die ohnehin angegriffene, zur Neige gehende Herde litt schwer. Nur wenig blieb übrig. Das war es, was den Verwaisten und Verlassenen die Grundlage ihrer Existenz erschütterte. Aber es passierte in jenem Jahr noch mehr, noch Schrecklicheres: Gulundshaa hatte eine Fehlgeburt. Das mußte von den Überanstrengungen gekommen sein, verbunden mit der Kälte, der Schlaflosigkeit und der Unterernährung. Auch viele Muttertiere hatten Fehlgeburten. Meistens starben sie daraufhin selber. Gulundshaas Leben blieb nur an einem Faden hängen. Sie lag tage- und nächtelang im Fieberwahn. Das Mutterwasser wurde zu ihrem Hauptgetränk. Zum Schluß gewöhnte sie sich an den Geschmack und empfand keinen Widerwillen mehr, wenn sie die rötlich-gelbe Flüssigkeit mit dem beißenden Geruch brühwarm trinken mußte. Sie trank das Mutterwasser langsam, in kleinen Schlukken und dachte dabei mit Dankbarkeit an seine Spenderin: Was für ein Glück war es, daß sie die Mutter hatte, sonst wäre ihr der Tod fast sicher gewesen! Aber sie wollte leben, obwohl sie vorher, als Schuumur sie verlassen hatte, manchmal daran gedacht hatte zu sterben. Nun wollte sie auch das in Kauf nehmen, wollte leben auch ohne ihn, auch so, wie sie war, einsam, neben einer mann- und ruhmlosen Mutter und einem vaterlosen Kind durch das Leben weiterstapfen. Und sie blieb am Leben. Die Stürme wüteten, die Tiere krepierten weiter. Aber jetzt hatte das nicht mehr die Bedeutung wie vorher. Von der Höhe eines glücklichen Überlebens sah sie auf die kleinen Beschwernisse des Lebens still herab. Auch die Mutter schien auf festen Füßen mitten im Leben zu stehen. Sie war glücklich, daß ihr die Tochter am Leben geblieben war. Da kam eines Tages Schuumur. Gulundshaa hatte sich so oft vorgestellt, wie sie sich verhalten würde, wenn sie irgendwann einander begegnen würden. Oft hatte sie daran gedacht, ihn mit bitteren Vorwürfen davonzuweisen, das heißt, sie hatte versucht, es so zu beschließen. Doch hatte sie sich sehnlichst gewünscht, daß sie sich trafen, daß sich ihre Wege im Leben so oft wie nur möglich kreuzten. Die Möglichkeit aber, daß er von selbst, erst recht in den nächsten Monaten schon kommen würde, hatte sie ausgeschlossen. Nun war sie erschüttert, war wie gelähmt, vor Glück oder vor Wut, das wußte sie nicht. Vielleicht war es beides. Schuumur war wie immer: wortkarg und düster, nur die Flamme in seinem Blick war spitzer und greller geworden. Gulundshaa wußte sogleich, er war nicht glücklich. Das verschaffte ihr irgendwie Genugtuung, das tröstete sie ein wenig. Sie hatte sich nicht entschließen können, ihm zu erzählen, daß sie von ihm schwanger war. Vielleicht könnte das, hatte sie gedacht, ihn davonscheuchen. Nun war sie drauf und dran, ihm davon nachträglich zu erzählen, und auch, daß sie die Fehlgeburt hatte und dicht vor dem Sterben gewesen war. Doch irgendwie empfand sie Scheu, weil sie dachte und befürchtete, es könnte ihn erschrecken und davonjagen. Aber sie wollte ihn dahaben, solange sie konnte. Und er blieb. Das versetzte sie in Freude wie in Furcht. Sie brachte es vorher nicht fertig, ihm zu sagen, daß sie gehindert war, und erst in der Dunkelheit, im Bett, als er zu ihr kam, mußte sie ihm ins Ohr flüstern: »Ich kann und kann nicht!« Er wollte und konnte sie nicht begreifen, zeigte Wut. Sie weinte lautlos: »Es geht nicht. Sei doch nicht böse, bitte!« Seine Wut steigerte sich nur noch. Sie bat, flehte ihn an: »Vielleicht geht es in einem Monat schon wieder, vielleicht noch eher. Komm bitte dann, komm unbedingt, komm meinetwegen öfters!« Sie versuchte das, was sie sagte, mit Tränen zu bekräftigen. Aber er vermochte sie nicht zu verstehen, sprang schließlich auf und ging zu seinem Lager. Er tat es rücksichtslos, nicht so, wie er es sonst immer getan hatte, wenn die Nacht dem Tage weichen mußte, leise, bedacht darauf, das kleinste Geräusch zu vermeiden, er war beleidigt. Die Nacht verbrachte sie schlaflos. Auch er schien wachzuliegen. Wieder und wieder räusperte er sich, und es hörte sich wie ein Versuch an, die Wut, die sich wie eine dickflüssige, klebrige Masse in seiner Brust breitmachte, ihm Herz und Lunge zu zerquetschen drohte, abzulösen und Stück für Stück auszuspucken. Sie wäre so gern zu ihm gekrochen, hätte sich zu ihm gelegt, ihn umarmt, gestreichelt, geküßt und ihm auf noch anderem Wege die Wut aus dem Leib geleitet. Aber sie mußte dableiben, da sie nicht wußte, ob er darauf eingehen würde, ohne das eine Bestimmte von ihr haben zu wollen, auf das er vorbereitet, eingestellt war. Auch wußte sie nicht, ob sie nicht selber, einmal angeheizt, endlich wieder Haut an Haut, Pore an Pore, mit der anderen Hälfte, die ihr Körper so lange vermißt hatte, es aushalten würde. Es war eine lange, unendlich lange Nacht. Erst gegen Morgen schien er einzuschlafen. Sie aber stand auf, verließ die Jurte, ging in die Steppe hinaus, und als sie sich vom Ail weit genug entfernt hatte, brach sie in lautes Schluchzen aus. Sie weinte sich unter den Sternen aus, die zu verblassen begannen.

Die Glut verlosch allmählich, und nach und nach verstummte der Herd. Gulundshaa legte die Hand auf den Deckel des Messingtopfes und stellte fest, daß die Brühe noch warm genug war. Aber sie legte nach, sie legte die Scheite auf die warme Asche, immer mit dem einen Ende über das Feuergestell, damit sie trockneten und sich erhitzten, aber noch nicht entbrannten; man brauchte die Asche dann nur umzurühren, und das Lärchenholz würde sogleich Flammen auf sich ziehen. Die Stute und das Fohlen waren gerade verstummt, sie sammelten wohl neue Kraft.

Für einen Schlaf, der sie hätte überfallen können, war es noch zu früh in der Nacht, und zu grell war das Mondlicht. Die Stille in der Jurte und um sie herum ließ das Atemgeräusch der Nacht, das Rauschen des Flusses und der Wälder und der Winde, die von den Höhen auf die Talschlucht herniederströmten, noch deutlicher erscheinen und wie auf leichten Schwingen herüberwehen zu einem lauschenden Ohr. Die Unruhe in ihr wuchs. Die Unsicherheit darüber, ob sie richtig oder falsch gehandelt hatte, das Eigenurteil, das hin und her gependelt hatte, drohte auf der verneinenden Seite stehenzubleiben. Ich hätte mich mit meiner Jurte niederlassen sollen, wo ich zuerst gewesen bin, dachte sie nun reuevoll. Dann hätte man zwar von Nähe klatschen und tratschen können, aber keiner hätte ihr vorwerfen können, sie hätte andere überfallen, wäre in fremdes Leben eingedrungen.

Damals hatte sie sich, nachdem ihr Sohn zur Armee eingezogen worden war, vor Ulug-Chaja, auf dem Weiten Bogen des großen Flusses niedergelassen. Diese Stelle bildete das Grenzgebiet zwischen Siedlung und Land, welches von jenen bewohnt wurde, die nicht umherziehen konnten. Dies waren zumeist arme oder einsame oder auf irgendeine andere Art vom Schicksal benachteiligte, aber von dem Willen besessene Menschen, sich nie mehr einem Baj zu verdingen. Es war ein knappes Dutzend Jurten, die voneinander entfernt, aber hier und da auch etwas enger beieinander standen. Dies kam wohl daher, daß jeder Neue, der hinzukam, irgendwie Scheu vor den anderen empfunden haben mußte, die ein wenig mehr Recht haben könnten, diesen Fleck Erde zu bewohnen. Oder man war in der ersten Zeit der Not noch vorsichtig gewesen, durch sein Jammerwesen andere zu belästigen. Die Motive können auch anderer Art gewesen sein. Tatsache aber war, die Jurten standen so, daß ein Außenstehender nicht wußte, ob das nun ein Ail oder mehrere Ails waren. Der Ail, zu dem Gulundshaas Jurte gehörte, bestand aus drei Jurten. Es hatte sich so ergeben, daß zwei von ihnen fortzogen. Sie waren vom Wind des Wandervolkes erfaßt worden. Die Sehnsucht, die man niedergehalten, die sich aber immer wieder gemeldet hatte, einmal den kühlen Wind der Schneegipfel aus der Nähe zu riechen und einen Lebenssommer mit den Anstrengungen und den Freuden des Wanderns auf sich zu nehmen, hatte sie aufbrechen lassen. Also blieb Gulundshaa allein auf der ausgetretenen, ermüdend kahlen Stelle inmitten der Ails und kam sich verlassen vor wie nie zuvor. Sie überlegte, was sie tun könne, erwog viele Möglichkeiten und litt an der Ausweglosigkeit. Die Tage waren freud- und endlos wie die Nächte. Da hörte sie, daß Schuumurs in Erik-Arga einsam übersommerten. Das alte Leiden meldete sich erneut, wollte nicht vergehen. Seltsam: Nicht so sehr er, sondern seine Kinder bevölkerten ihre Gedanken und ihre Träume, die ihren Anfang bei Schimej, ihrem einzigen Sohn nahmen. Er lebte in der Fremde, die sie nicht kannte. In ihrer Vorstellung war er einsam und dürstete nach Mutterliebe. Sie konnte ihn zwar vor sich sehen, seine Klagen hören und seine Leiden mitfühlen, aber erreichen konnte sie ihn nicht. Sie stand hier, blieb hier und mußte zusehen, wie er dort lebte. Es war ein schweres Leben. Auch ihr Leben hier war schwer. Ach, dachte sie verständnislos, warum nur: Immer werde ich getrennt von dem, dem ich meine Liebe entgegenhalte! Dabei kam sie sich wie eine Stute vor, deren Euter voller Milch war, aber niemanden fand, der es entleerte. Hatte sie nicht ihr Fohlen quicklebendig in der Nähe? Warum war es ihnen nicht gegeben zusammenzukommen? In ihren Träumen trennte sie ein unsichtbarer Abgrund voneinander: sie lief umher mit ihrem heißen, prallen Euter auf der einen Seite, das Fohlen blieb auf der anderen Seite des Abgrunds. Schimej blieb noch eine Weile in ihrem Traumbild, dann ging er, und sie wußte nicht, ob er enttäuscht von ihr weggehen oder weiter nach einem Pfad suchen wollte, der herüberführte. So folgte sie ihm, und er führte sie zu Schuumurs Kindern. In ihrem Traum standen die Kinder beieinander und schienen auf jemanden gewartet zu haben. Sie nahmen Schimej bereitwillig in ihre Mitte. Gulundshaa sah ihnen an, daß sie von seiner Ankunft erfreut waren, vor allem Dombuk, die errötete vor Glück, von ihm wegsah und sogar leise zu zittern schien. Gulundshaa stellte sich das schwarzzöpfige, geradegewachsene Mädchen, die werdende Frau, als ihre künftige Schwiegertochter vor und war selig bei dem Gedanken. Aber sie glaubte auch, Dombuk und den anderen Schuumurkindern anzusehen, daß sie an ihrem Waisendasein litten und nach Mutterliebe dürsteten. Gulundshaa hätte von ihrer überschwellenden Liebe mit Freuden abgegeben, so viel, wie der Nehmer ertragen konnte. Sie hätte die Kinder Schuumurs versorgt wie eine Mutter, nicht wie eine Stiefmutter. Nur, wie konnte sie ihre Liebe, die erst in der Fürsorge lebendig werden würde, zeigen? Sie überlegte, glaubte einen Weg gefunden zu haben, verfiel jedoch bald darauf in Zweifel und kehrte um auf dem Weg, den sie soeben in Gedanken eingeschlagen hatte. Sie tastete wieder und wieder nach einer Möglichkeit, die sie schon als unbrauchbar verworfen hatte in ihren verworrenen Gedanken. Es ergab sich, daß die Nachbarjurten fortzogen. Das verstärkte ihren Wunsch, fort- und an die Schuumurkinder näher heranzukommen, sie verwandelte den Wunsch in den Willen, von sich aus auf die Hilfe- und Liebesbedürftigen zuzugehen. Sie beschloß, den Schuumurs nachzuwandern. Doch stellte sich dann die Frage: woher die Lasttiere nehmen? Auch Nebenfragen tauchten auf. Wer würde ihr beim Fortziehen behilflich sein, wer das Vieh neben der Karawane hertreiben? Ein Zufall kam ihr zu Hilfe, der ein weiteres Opfer forderte.

Gulundshaa ging in der Steppe herum. Sie trug einen Korb um die Schultern und hielt in der Hand die langstielige Dunggabel. Sie ging von einem Haufen zum anderen, besah ihn erst aus der Nähe, betastete ihn dann mit der Gabel, warf ihn um, beklopfte ihn, und wenn er sich als trocken erwies, schob sie die gespreizten Finger der Gabel darunter und hob ihn hoch. Wenn der Gabelkopf die Achselhöhe erreichte, erfolgte ein Ruck, und das Dungstück flog über die Schulter in den Korb. Auf den vertrockneten Spuren der Yaks ging sie, ihre Gedanken waren weit weg. Sie waren auf der Suche nach Lasttieren und einem Zuggefährten. Sie wanderten von einer in die andere Ecke der ihr bekannten Welt, ließen sich hier und da nieder, pickten und packten, suchten nach einem Gang, aus dem die Lasttiere und der Zuggefährte hervorkämen. Die Gabel fuhr unter ein Dungstück, hob es und erstarrte in der Luft. Die Frau hatte das Eindringen eines fremden Wesens in ihr Revier wahrgenommen: Sie hob den Blick und entdeckte am unteren Ende des Weges inmitten einer Luftspiegelung einen dunklen Fleck, der bald in die Breite und bald in die Höhe wuchs. Die Gedanken waren wieder zur Stelle. Ein Zug, dachte sie. Aber gleich wurde der Gedanke verworfen: Nein, niemand war um diese Zeit in dieser Himmelsrichtung geblieben, niemand, der noch samt Jurte herziehen könnte. Alles Volk war vor den Mücken und der Hitze in die Nähe der Gletscher geflüchtet, war fortgezogen bis auf den Wächter, der auf das Warenlager und die Hütten aufzupassen hatte, in welche, wenn der Sommer vergangen war, wieder das Leben zurückkehrte. Vielleicht war das jemand, der ein paar Pferde oder Yaks auf den Winterweiden hatte zurücklassen müssen und sie nun abholte? Der Fleck löste sich von der Luftspiegelung ab und kam näher. Jetzt erkannte sie ihn als einen Reiter, der einen Troß Pferde an einem Strick hinter sich herführte. Gulundshaas Herz schlug schneller, sie hockte sich eilends nieder, befreite sich aus der Korbschlinge, klopfte von ihren Kleidern die Dungkrümel herunter und strich sich die Haare, die unter dem Toortschak hervorlugten. Dann ging sie, obwohl der Reiter ohnehin nicht achtlos an ihr vorbeigeritten wäre, auf den Weg. Dieser Weg war die Hauptverkehrsader, auf der im Herbst und im Frühjahr Mensch und Tier flußab- und aufwärts zogen. Oft kam ein Zug nach dem anderen, und der Troß riß nicht ab. Stunden dauerte es oft, bis die Karawane vorbeigezogen war, und solange drangen von dort auch menschliche Stimmen, Tierlaute und Hundegebell herüber, solange auch standen an windstillen Tagen rötliche Staubwolken über der Wegstrecke. Sommers aber war es still auf dem Weg. Oft war darauf tagelang keine Seele zu sehen. Nur die kleinen, stillen Herden der Seßhaften überquerten ihn morgens und abends, wenn sie auf die Weide gingen oder von dort zurückkehrten. So lag der Weg, den die umherziehenden Väter und Mütter den Goldenen nannten, auf dem sie ihre Spuren und ihre Gebete zurückließen, verlassen und unbenutzt da und verdörrte in der Sommersonne.

Gulundshaa erkannte jetzt den Reiter, und es wurde ihr übel. Es war jemand, den wir aus manchem Grund namenlos durch unsere Geschichte gehen lassen müssen. Gulundshaa hatte mit dem Mann ihren Alptraum gehabt. In der allerersten Zeit, in der sie für die Einheimischen keinen anderen Namen als Flüchtlingsmädchen gehabt und in einem Chatgyyr gelebt hatte, kam eines Tages ein noch junger Mann angeritten, fragte sie nach diesem und jenem und sagte, bevor er weiterritt, er würde in der Nacht zu ihr kommen. Gulundshaa hielt es für einen den Einheimischen eigenen, harmlosen Scherz. Aber er kam in der Nacht tatsächlich. Sie kämpfte lange gegen ihn. Schimej, der damals drei Jahre alt war, wurde davon wach. Aber der Mann wollte nicht aufhören, das Gequengel des Kindes schien ihn nicht zu stören. In ihrer Not bat sie ihn zu warten, bis das Kind wieder eingeschlafen war. Der Mann rückte an die Wand des Chatgyyrs. Doch das Kind wollte nicht wieder einschlafen. Es wußte, daß ein Fremder in der Nähe war. Es wollte wissen, wer und warum er hier war. Sie verneinte, daß jemand im Chatgyyr wäre und versuchte ihm einzureden, es hätte nur geträumt, und es solle wieder einschlafen. Aber das Kind war mißtrauisch, lauschte angestrengt und blieb lange wach.

Gulundshaa mußte sich verstellen, mußte schnarchen und schnaufen wie im Schlaf, damit es schneller einschlief. Der Fremde hielt still, schien erstarrt; das Warten mußte ihm qualvoll gewesen sein. Nur konnte er wartend auch von der bevorstehenden Freude gezehrt, in der Vorfreude gelebt haben, denn sie hatte es ihm ja so gut wie versprochen. Nun war sie traurig, daß sie es getan hatte und überlegte, wie sie sich retten konnte. Aber es gab und gab keine Rettung für eine in einem Chatgyyr hausende Frau vor einem Mann. So geschah, was geschehen mußte. Der Fremde kam angekrochen, sobald das Kind die ersten gleichmäßigen Schnauftöne von sich gab, die zwar hin und wieder von einem Seufzer unterbrochen wurden, aber bald in ein leises Schnarchen übergingen. Er löste die Händchen des Kindes, die es um den Hals der Mutter gelegt hatte, gewaltsam und zerrte die Frau zu sich heran. Er war aufgeregt und ungeschickt, und seine rauhen, schweren Hände verursachten ihr Schmerzen. Sie mußte die Zähne zusammenbeißen, die Lippen zusammenpressen, um vor Weh nicht zu schreien und mußte die Augen so fest schließen, daß sie Funken sah, um ihre Empfindung abzustumpfen. Die keuchende und röchelnde Fleischmasse, die sich über ihr wälzte und Hitze und beißenden Schweißgeruch ausströmte, war ihr zuwider. Sie hätte sich übergeben können, aber sie tat es nicht. Sie lag äußerlich still, geduldig und sachverständig. Sie wartete auf das Ende. Es konnte nicht sehr lange gedauert haben, nur ihr schien es eine Ewigkeit zu sein. In der Zeit, in der sie so dalag und auf das Ende wartete, dachte sie daran, der Mann könne wieder und wieder zu ihr kommen, und dieser Gedanke war fast schrecklicher als das, was gerade geschah. Aber da fiel ihr etwas ein. Als die Fleischmasse, inzwischen schweißgebadet und erschlafft, von ihr endlich abließ, richtete sie sich auf und betastete im Sitzen den Küchenteil der Hütte. Darauf kroch sie hinaus. Der Sommer stand schon in der Neige, der Mond hing hoch, brannte grell und schien unerreichbar fern. Die Welt wirkte voll, glich einem Wesen, das sich gesättigt und erschlafft abgewandt hatte. Gulundshaa sagte kurzentschlossen: »He, du, komm heraus!« Der Chatgyyr wackelte und knarrte, und nach einer Weile kam der Fremde herausgekrochen. Er hatte den einen Lawschakärmel angezogen, der andere baumelte und hing samt dem breiten Schoß herab. So gab er das Bild eines erbärmlichen Wesens ab. Sie wartete auf ihn drei Schritte vor dem Hütteneingang mit einem Dolch in der Hand. Den Oberkörper vorgebeugt, stand sie, den Kopf eingezogen, und hielt sprungbereit die bewaffnete Hand vor sich. Der Mann entdeckte den Dolch in ihrer Hand und erstarrte für einen Augenblick. Dann stammelte er irgend etwas vor sich hin, stotterte und versuchte ein kleines Gelächter, das ihm jedoch mißlang. Gulundshaa unterbrach ihn: »Ich warne dich, Mann! Wage nicht wieder, an mich heranzutreten! Ich bin nicht irgendwer, ich bin die Tochter eines Begs! So werde ich meine weißen Knochen zu verteidigen wissen, und wenn es sein muß auch mit Blut und Tod!« Dabei bewegte sie sich auf ihn zu. Er wich vor ihr zurück, lief hastig zu seinem Pferd, das ein paar Schritte entfernt festgebunden stand. Sie verfolgte ihn nicht weiter, blieb neben ihrer Hütte stehen mit dem gezückten Dolch und wartete, daß jener fortkam. Er löste dem Pferd die Fesseln, schwang sich herauf, ritt erst im Schritt, im nächsten Augenblick im Trab und bald darauf im Galopp davon. Der Dolch fiel ihr aus der Hand, sie sackte zusammen. Eine Weile lang mußte sie röcheln, mußte sich schütteln, bis die Tränen kamen, bis sie ihren Fluß nahmen. Irgendwann hatte sie sich wieder in der Gewalt, stand auf und ging zum Bach, der in einiger Entfernung vorbeifloß. Dort zog sie sich splitternackt aus und wusch sich, in einer tiefen Stelle niederkniend. So gründlich hatte sie sich seit langem nicht mehr gewaschen. Nun war sie fast beruhigt und auch entschlossen, sich künftig so zu verteidigen, vor jedem und unter allen Umständen, wie sie es dem Fremden gesagt hatte. Später erfuhr sie, wer der

Mann war, wie er hieß. Ihre Wege kreuzten sich auch hier und da. Doch Schweigen herrschte zwischen ihnen.

So waren die Jahre vergangen. Und nun? Gulundshaa hätte sich am liebsten aus dem Staub gemacht, doch wie konnte sie es inmitten der Steppe, nachdem sie ihm aus der Ferne schon zu erkennen gegeben hatte, daß sie sich mit ihm treffen wollte? Sie mußte bleiben, wo sie nun stand. Oft geschieht es, daß eine Gefahr, die an einem vorüberhuscht, mehr Angst hervorruft als jene, die schnurstracks auf einen zurollt. Dies war jetzt der Fall. Gulundshaa bekam sich schnell in den Griff, rief sich das erbärmliche Bild jenes Feiglings ins Gedächtnis zurück, den sie vor vielen Jahren in die Flucht geschlagen hatte, und dies erweckte die Tollheit, die einst in ihr gewesen und in der Länge der Zeit nur eingeschlafen war. So empfing sie den Ankömmling mit erhobenem Haupt und einem kecken Blick. »Seid gegrüßt, junger Mann!« sagte sie in einem scherzhaften Ton. Der Mann erwiderte den Gruß einsilbig. Er war sichtlich bestürzt. Er, der sonst immer umständlich gekleidet war, steckte diesmal in einem Dshagy, und ein Stück Lederleine umschnürte seinen Bauch, der hervorquoll und über dem Sattelknauf hing. Auch die Stiefel waren alt und breitgetreten. Nur das Kopftuch war neu, und die drei Enden waren über der Stirn zu einem winzigen Knoten sauber zusammengesteckt. Doch es war eben nur ein Kopftuch und keine Schirmmütze, obendrein war es aus billigem, buntem Stoff, mit dem die Umsiedler vor Jahren ihre Blöße hatten bedecken müssen und das inzwischen ausschließlich als Innenfutter und für sonstige Kleinzwecke taugte. Die Haare, die unter dem Tuch hervorlugten, waren noch tadellos schwarz, doch war, wie diesen zum Trotz, das Gesicht vorzeitig gealtert. Das alles stellte sie mit einem Blick fest, während er den kurzen Gegengruß hinschleuderte. Ein kleines Gespräch kam zustande. Sie war es, die es entfachte. Und siehe da, mit jedem Wort, das sie ihm wie eine Gashyk spielerisch hinwarf, schienen in ihm der Mut und die Lust Stück für Stück zu erwachen. So hatte sie ihn bald da, wo sie ihn haben wollte und rückte mit ihrem Vorhaben heraus. »Meinetwegen!« sagte er großzügig, fügte dem jedoch hinzu: »Ich fürchte nur, meine Dienste könnten euch, schöne Frau, zuviel kosten!« Gewiß war das scherzhaft gesagt, doch sie begriff den drohenden Unterton sehr gut. Aber sie blieb bedeckt in dem erdachten, vorläufig schützenden Versteck: »Ach, haben Sie keine Angst, junger Mann. Das Murmeltierfell und das Teeziegelachtel, das ihr wohl meint, werdet ihr mit einem quicklebendigen Zicklein, dazu noch mit Stummelöhrlein und feuergelb in der Farbe, bekommen!« »Wann gedenkt die schöne Frau loszuziehen?« »Meinetwegen gleich!« »Gut. Aber dann werden wir wohl unterwegs übernachten müssen.« »Vielleicht auch nicht, es ist ja noch nicht Mittag!« So wurden sie sich einig und luden wenig später die Jurte auf vier Pferde. Zur Not wären auch drei Pferde imstande gewesen, sie fortzutragen, denn sie war winzig und bestand aus nur vier Gitterwänden. Das fünfte Pferd wurde für Gulundshaa gesattelt. Es war ein Rappe, ein Paßgänger, und wie alle seine Ganggenossen war er bekannt. Obendrein war er das Reitpferd der Ehefrau des Mannes, und so kannte man es nur in einem Silbergeschirr. Nun wirkte das bekannte und beinahe geheiligte Roß wie entstellt in dem unscheinbaren Geschirr, das Gulundshaa hier und dort hatte zusammensammeln müssen für ihren heranwachsenden Sohn. Ihr Reitgeschirr war damals am oberen Ende der Gletscher des Örmegejti zusammen mit dem Reittier geblieben. Gulundshaa hatte Hemmungen, den Rappen zu berühren und zu besteigen. Die Nachbarn, die gleich herbeigeeilt waren und mitgeholfen hatten, ließen längst scherzhafte Bemerkungen fallen; die Scherze würden sich während ihrer Abwesenheit in Mutmaßungen, in Gerede verwandeln, und daraus würden neue Klatschgeschichten entstehen. Ihr schlechtes, hinkendes Gewissen versuchte sie deshalb hinter leichten, überfröhlichen Scherzen zu verbergen. Zur Mittagsstunde ging die Jurte auf den Weg, und die Herde folgte ihr. Es war ein winziger Troß, ein kurzer, zerstückelter Zug. Jeder führte hintereinander gekettet zwei Pferde an der Hand, die Herde trieb man vor sich her. Beide erzählten, was zu erzählen war. Es waren kleine, für andere Menschen bedeutungslose Geschichten. Gulundshaa erfuhr, daß jener schon sechs Tage unterwegs war und das ganze Baschgy-Dag, Chara-Dag, Terektig und Bajyn abgesucht hatte, bis er schließlich am Oogar-Fluß die Pferde fand, die ihm im Frühjahr während eines Schneesturmes abhanden gekommen waren. Gulundshaa wußte nur ungefähr, wo die Berge und Täler lagen, erriet nur, daß der Fluß hinter diesen zum Grenzgebiet nach Rußland liegen mußte. Aber sie war ihm dankbar für seine Erzählung, denn seine Gegenwart war ihr irgendwie erträglicher, wenn ein Gespräch zwischen ihnen stattfand. So berichtete auch sie willig über das, was sie wußte. Doch spürte sie, daß sich das unangenehme Gefühl in ihr allmählich in Angst verwandelte und mit jeder Spanne, die die Sonne zurücklegte, immer größer wurde. Er erzählte, daß beim Überqueren des Ak-Chem alle seine Sachen in den Schlammbrei gekommen seien, den das Wasser des milchweißen Flusses um diese Zeit mit sich führte, und so habe er sich Sachen des Wächters angezogen. Das hörte sich an wie eine Entschuldigung für sein ungewöhnliches und nicht gerade vorteilhaftes Aussehen. In der Talmündung des Obersten Chörleet gab er bekannt, daß das Tagesziel nun erreicht sei. Gulundshaa sagte wie bittend: »Die Sonne steht ja erst in der Neige. Bestimmt kommen wir noch bei Tage an, wenn wir so weiterziehen!« »Nein!« erwiderte jener schroff. »Ich hatte dir gleich gesagt, daß wir unterwegs übernachten werden. Die Pferde sind erschöpft.« Später bemerkte er noch: »Hab noch eine Nacht Geduld. Du hast ja mit ihm einen ganzen Sommer vor dir!« Das war in neckendem Ton als Scherz ausgesprochen, doch traf es sie schwer. »Unsinn!« sagte sie. Mehr fiel ihr nicht ein. Ihre Gedanken hatten ohnehin um Schuumur und seine Kinder gekreist. Aber ihr war alles so unklar vorgekommen. Nun mußte sie sich eine Antwort geben, wie es weitergehen würde. Denn zwei, drei Täler weiter schon lag Erik-Arga. Die Jurte war schnell abgeladen. Ebenso schnell war eine Delegej aufgestellt. Er kümmerte sich um das, was außerhalb dieser Notbehausung zu tun war, band die schwitzenden Pferde los, schleppte die herumliegenden Bündel zusammen und häufte sie um die Delegej herum. Sie hantierte drinnen, machte Ordnung, schaffte Platz zum Sitzen und auch zum Liegen, holte darauf Wasser und kochte Tee. Zum Schluß machte sie ein Essen zurecht. Dieses Bild war uralt, es schien stille Eintracht zwischen Mann und Weib und die große Ruhe des Lebens zu enthalten, aber in diesem Falle schien es eben nur so. In Wahrheit lebte der Mann in großer Ungeduld und die Frau in Angst. Schleichend verging der Tag, der Abend kam, die Nacht folgte, und es geschah, was geschehen mußte. Sie leistete nicht erst Widerstand, es hatte keinen Zweck. Er hätte sie so oder so bezwungen, und allein der große Himmel konnte wissen, welche Folgen das dann hätte haben können. Seltsam, er hatte jetzt mehr Feuer als damals in seiner Jugend, schien nun unersättlich, fiel sie wieder und wieder an, verfuhr mit ihr wie mit einer Rolle roher Haut, die weichgegerbt werden sollte. Sie hätte daran ihre Freude haben können, wenn sie es gewollt hätte. In den Jahren hatte sie außer Schuumur selten einen Mann gehabt. In den letzten zweien davon hatte sie ganz und gar mannlos gelebt, sie hatte keinen an sich herangelassen. Sie konnte nicht sagen, warum. Nun lag sie ergeben, still und traurig. Ja, traurig, da sie sich treulos vorkam. Ihr war etwas zunichtegemacht und abhandengekommen, was sie hätte erhalten und behalten sollen, unabhängig davon, ob das einen Sinn, einen Nutzen hatte. Mit gemischten Gefühlen, mit Scham, Freude und Trauer eng beieinander ging sie in den neuen Lebenstag. Der Mann war befriedigt und entspannt, war von Ruhe erfüllt. Er schlief fest, wohl wie zu Hause in seinem Ehebett, und nachdem er endlich aufgestanden war, verhielt er sich ungeniert wie seiner eigenen Ehefrau gegenüber, kam mit Genuß auf die Nacht zu sprechen und nannte sie wunderbar. Sie mußte sich das stumm anhören. Dann erinnerte sie ihn daran, bald aufzubrechen, solange es noch kühl sei. Dies tat sie, auch um das ihr unangenehme Gespräch zu beenden. »Nimm dir Zeit, Frau«, sagte er nach dem Tee, »wir brauchen uns nicht zu beeilen. Es ist ja nur noch ein Lassowurf. Die Vormittagskühle ist für die Pferde besser genutzt, wenn sie sich sattfressen, und auch für uns zwei, wenn wir das süße Liebesspiel ein wenig fortsetzen.« Und wenig später fügte er dem hinzu: »Ich zumindest hätte noch genug Kraft und Lust!« Dies war zwar von einem Lachen begleitet, aber das trockene, kehlige Gelächter enthielt eine unüberhörbare Drohung. Also mußte sie ihre Ungeduld unterdrücken und sich überlegen, wie sie einen neuen Ausbruch seiner Begierde vermeiden könnte. Aber da ging er weg und kam erst gegen Mittag zurück. Er hatte ein paar Weidengerten zum Wolleklopfen und eine Birkenstange zum Fleischaufhängen geschnitten. Gulundshaas Geduld war am Ende, und sie mußte ihn erneut zum Aufbruch drängen, was wieder mit zweideutigem Scherz aufgenommen wurde: »Warum die Unruhe? Ich könnte meinen, die junge Frau bräuchte eine weitere Nacht, um ganz weichgegerbt zu werden. Oder wollen wir die bevorstehende Nachtarbeit schon vorverlegen?« Gulundshaa erschrak, begriff jedoch schnell, daß sie schlau zu sein hatte, und so lachte sie keck auf: »Nein, nein! Ich bin erweicht und gesättigt wie ein Froschweib. Und bei einer Wiederholung dessen, womit Sie mich, alter, ehrgeiziger Mann, beglückt haben, könnte ich leicht übermütig werden und Sachen ausplaudern, die, wer weiß, an die Ohren einer bestimmten Frau gelangen könnten!« Zwar hörte sich der Mann so etwas nicht ungern an, aber irgendwie erwachte in ihm die Angst.

Bald darauf ging der Zug endlich wieder auf den Weg. Gulundshaa hatte vor, sich in Sichtweite von Schuumur und seinen Kindern, nicht aber in ihrer unmittelbaren Nähe niederzulassen, und so entschied sie sich für den Uferplatz. Dort pflegte das zurückwandernde Volk im Herbst zu rasten und oft auch zu übernachten. Schuumurs Jurte stand weiter oben, waldwärts. Der Abstand zwischen beiden Jurten war beträchtlich, kein Mensch konnte meinen, sie würden zusammengehören und einen Ail bilden. Sie luden ab und machten sich daran, die Scherengitter im Kreis aufzustellen. Da kamen die beiden Schuumurjungen herbeigestürzt. Sie berichteten, daß sie eine Stute nicht mehr aus den Fesseln befreien könnten, und diese drohe zu krepieren, sie baten um Hilfe. Gulundshaa ließ den Yakschwanzhaarstrick, mit dem sie gerade zwei Gitterwände aneinanderschnüren wollte, aus der Hand fallen und eilte so schnell sie konnte hin. Die Jungen liefen neben ihr. Dabei erzählten sie, was vorgefallen war mit der Stute und einiges mehr. Der Mann schaute ihnen eine Weile mürrisch hinterher und ging dann mit weitausholenden, bedächtigen Schritten zu seinem Pferd. Er holte das lärmende Fußvolk auf halbem Wege ein und schaute halb belustigt und halb verärgert auf sie herab. Dombuk empfing die Ankommenden mit noch unverwischten Tränenspuren auf dem Gesicht. »Agaj, Awaj!« rief sie ihnen in einem Atemzug entgegen. Das konnte außer »Onkelchen« und »Tantchen« auch »Brüderlein« und »Schwesterlein« heißen. Und fast im gleichen Atemzug, mit dem sie sich an jene gewandt hatte, erzählte sie, was die Jungen schon berichtet hatten, noch einmal. Auf die Frage des Mannes, warum sie den Strick nicht durchgeschnitten hätten, erwiderte sie gereizt: »Was denken Sie, Agaj? In jedem Lassostrick stecken so viele Mühen. Dies wissend, den Strick zu zerschneiden, weil ein Knoten schwer zu lösen ist? Nein, das gibt es nicht! Wir sind arme, verwaiste Leute, die mit ihrem bißchen Hab und Gut sparsam umzugehen haben!« Die Frage hatte Tadel enthalten, die Antwort enthielt davon noch mehr. Also ging es nicht um die Stute allein, es ging ebenso auch um den Strick. Und so gingen die Erwachsenen auch an die Arbeit, wortlos. Es verging geraume Zeit, bis man den Knoten lösen konnte. Die Stute vermochte sich nicht sogleich ohne Hilfe aufzurichten, sie lag da mit erschlafften Gliedern und mit getrübtem Blick. Das Tier war dicht daran gewesen zu verenden. Dombuk bedachte die beiden mit lautem Lob in der Art einer dankbaren Großmutter. Dann aber sprang sie mit einem Mal zu Gulundshaa: »Was für ein dummer Mensch seid Ihr, Awaj!« fuhr sie sie zum Schein an und stieß ihr vertraulich in die Seite, »Daß Ihr nicht zu uns kommt, wo wir hier sind! Was sucht Ihr dort unten am Wasser? Die Wasserviecher werden Eure Jurte befallen und den Filz zerfressen, und auch für das Vieh soll es nicht gut sein so dicht am Fluß. Der Krach und die Wasserspritzer, die der Wind herüberweht, stören es beim Schlafen und beim Wiederkäuen, habe ich gehört. Und dann so einsam! Ihr seht doch an uns, wie wir leben: schrecklich! Und da wollt Ihr, anstatt zu uns zu kommen und uns aus der Einsamkeit zu erlösen, Euch selber auch noch hineinbegeben? Nein, tut es nicht! Kommt zu uns und rettet uns und Euch davor!«

Gulundshaa war sprachlos. Wie hätte sie es sich besser wünschen können? Aus dem kleinen geschwätzigen Ding sprach doch ihr eigenes Herz! Nur, was war, wenn Schuumur es anders wollte?! Sie schwankte. Da tschilpte der Spatz: »Wendet Euch nicht von uns ab, wo wir Euch gerade brauchen!« Wo wir Euch gerade brauchen! Die Worte hallten nach in ihren Ohren, sie glichen Schlägen, sie waren Schläge, aber sie verursachten nicht nur Schmerzen, sie munterten sie auch auf. Die Frau sagte: »Gut!« Und sie erschrak davor. Der Mann war beleidigt. Er war mit dem Tag absichtlich verschwenderisch gewesen, hatte sich eine weitere süße Nacht mit der schutzlosen Frau versprochen. Nun überkam ihn Zorn, und dieser war stärker als die Gelüste, die unter seiner Haut gewacht und mit dem Fortschreiten des Tages allmählich wieder in Bewegung gekommen waren. Im Tempo eines wirklich jungen Mannes warf er sich an seine

Pferde, kettete sie an den Lassostrick, schwang sich in den Sattel und ritt davon. Mit dem Staub, den zuerst die Pferdehufe hochwarfen, der dann eine Weile in der Luft stand und schließlich niederging, war auch der Gast aus unserer Geschichte gefallen. Die Frau und die Kinder aber schleppten die Sachen herüber. Die Freude war so groß, daß keiner die Anstrengung spürte.

Der Hund schlug an, und mit ihm setzte das Gewieherduett erneut ein. Gulundshaa war aufgesprungen und stand schon in der Innentür, bevor sie sich ihrer Handlung bewußt wurde. Da hatte sie auch keine Kraft mehr stehenzubleiben oder zu überlegen, was sie tun sollte, sie trat hinaus. Der Hund lief flußabwärts, und das machte sie stutzig, denn ihre Gedanken waren in die entgegengesetzte Richtung gewandert, hatten dort nach jenem gesucht und sein Herannahen auch längst zu wittern geglaubt. Doch zeigte nun der Hund, der bessere Spürsinne hatte, in die andere Richtung. Sein Gebell war sehr bestimmt. Sie war hilflos. Dann dachte sie, es sei etwas anderes, ein Wolf vielleicht, der sich an die Hürde heranzumachen versucht hatte, oder ein nächtlicher Reiter. Die Tiere waren erwacht. Die glänzenden Augen der Yakkühe verrieten Unruhe. Doch lag darüber noch das dumpfe, gleichmäßige Gegrunze und Gemurmel, das vom Wiederkäuen kam. Gulundshaa ging zurück in die Jurte, hockte sich wieder neben den Herd. Ihre Hand berührte den Fleischtopf, er war noch warm genug. Nun fiel ihr ein, daß jener nach dem Fleisch und der Brühe noch heißen Tee würde trinken wollen. Wie dumm bin ich! schalt sie sich in Gedanken. Die halbe Nacht sitze ich hier herum und denke nicht daran, woran schon das Kind gedacht haben muß, denn sie hat doch Milch gebracht! Sie ist ein kluges Mädchen, dachte sie weiter, und da erschien ihr jene erneut neben ihrem Jungen Schimej, sie waren Braut und Bräutigam. Dieses Phantasiegebilde erweckte in ihr das Verlangen nach Zweisamkeit. Schuumurs Nähe war es, wonach es sie verlangte. Die erhitzten

Lärchenscheite fingen schnell die Flammen auf, voll und hell loderte aus dem offenen Gestell Feuer, und es erhellte die Jurte bis in ihre hintersten Ecken. Hell war auch ihr Inneres. Eine Freude war es ihr, den kleinen gußeisernen Kessel aufzustellen, Wasser hineinzugießen und den Deckel aufzulegen. Die Freude dauerte an: sie klopfte mit einem vierkantigen Schieferstein vom Teeziegel eine Handvoll Krümel ab und schüttete diese und noch ein paar Steinsalzwürfel in den Kessel, indem sie den Deckel mit der linken Hand leicht anhob und einen Spalt schaffte. Während sie den Deckel wieder auflegte, hielt sie den Kopf schief und lauschte angestrengt. Das Hundegebell war verstummt.

Dann hörte sie Hufgetrappel und darauf ein kurzes, dumpfes Kamelgebrüll. Sie trat hinaus und erstarrte erst vor Freude, gleich darauf vor Schreck: Schuumur stieg hinter seiner Jurte vom Pferd ab, und hinter ihm standen, aneinander gekettet, vier Kamele. Warum Kamele, dachte sie, will er etwa ...? Sie wagte nicht, den Gedanken zu Ende zu denken. Sie wäre so gern hingelaufen, ihn zu begrüßen und ihm beim Anbinden der Kamele behilflich zu sein. Dabei hätte sie sich so schnell wie nur möglich Klarheit verschafft. Aber sie hatte Hemmungen. Das war jene unbestimmte Hemmung, die der tuwinischen Frau angeboren zu sein scheint. In Wirklichkeit aber war sie ihr anerzogen, und so versagte auch sie: Sie zog sich in ihre Jurte zurück, anstatt dem Ruf ihres Herzens zu folgen, auf den ersehnten Mann zuzugehen, ihn mit der Urliebe des Weibes zu überfallen und das Eis gewaltsam zu brechen, das auf dem Weg zu ihrem Glück entstanden war. Schuumur kam nicht.

Der Tee war bereits gekocht, war eingekannt, stand in der Messingkanne neben dem Herd und duftete nach Milch und Salz, auch nach vorjähriger, leicht ranzig wirkender Butter und nach etwas, das es für sich nicht gab, was aber zustandekam, wenn sich die einzelnen Zutaten im Wasser lösten und miteinander vermischten. Gulundshaa bekam trotz der Aufregung, in der sie sich befand, Lust auf den Tee. Doch sie konnte sich immer noch nicht entschließen, ihn alleine zu trinken. Sie hielt sich gewaltsam zurück, mit einem Schimmer von Hoffnung, er könne doch noch kommen. Indes entströmte dem Tee kein Duft mehr, er wurde geruchlos, wurde lau, erkaltete, und da hatte sie keinen Appetit und auch keine Kraft mehr. Ebenso war die Brühe mit dem Fleisch darin erkaltet, sie wußte es, ohne den Topfdeckel zu berühren. Dafür hatte sie einmal den kleinen Holztrog und den Birkenspieß in der Hand gehabt, in der Absicht, die Fleischstücke herauszufischen, damit Dampf und Hitze schon entwichen waren, wenn er käme. Aber dann hatte sie überlegt und beschlossen, das Fleisch so lange in der Brühe zu lassen, bis er kommen würde und die erste Schale Tee ausgetrunken wäre. Dann würde sich das Fleisch von außen her abgekühlt haben, so daß er es hätte anfassen und essen können.

Sie hatte sein Tun genau verfolgt. Sie vernahm, wie er die Kamele zum Niederhocken zwang, zum Liegen brachte, ihnen in dieser Lage die Vorderbeine zusammenschnürte und zum Schluß ein jedes wohl auch noch mit dem Nasenstrick an den Pflock festband, um den herum sie plaziert waren. Darauf sattelte er das Pferd ab, band es kurz. Dann ging er noch ein Stück weiter, entleerte sich die Blase, das Pferd tat es ihm gleich, und dies ergab ein lautes Plätschern in der stillen Sommernacht. Jetzt wird er kommen, dachte sie, und es fiel ihr ein, daß er sich vorher die Hände waschen wolle. So füllte sie das Wasserkännchen nach. Das Handtuch, ein buntes, schmales Leinenrestchen, holte sie aus der Truhe im Dör, hielt inne und steckte es wieder weg. Der andere hatte es benutzt. Ich Liederliche, schalt sie sich, warum hab ich es noch nicht gewaschen?! Sie mußte sich trösten, daß Schuumur, wenn er sich Hände und vielleicht auch das Gesicht waschen würde, seinen Gürtel als Trockentuch nehmen könnte. Sie vernahm, daß Schuumur in seine eigene Jurte eintrat. Ihr ward bange, aber sie fand einen Grund, sich zu trösten: Er würde vorher nach seinen Kindern sehen und sich vielleicht auch den Staub und den Schweiß vom langen Sommertag abwaschen wollen. Er hantierte recht laut in seiner Jurte. Geschirr schepperte, Gögeer wurde gestampft, also trank er Choitpak. Ihr wurde übel, doch konnte sie nicht hingehen und ihn zum Essen holen, das für ihn zubereitet war und schon seit Stunden auf ihn wartete. Dann wurde es still in seiner Jurte. Gulundshaa schob den Türfilz zurück, steckte den Kopf hinaus und schaute: Finsternis gähnte aus der Lichtöffnung herüber. Tränen schossen in ihre Augen.

Gulundshaa hatte lange im Warten gelebt, hatte auf ihre Mutter, auf eine Nachricht von ihr gehofft. Gündej war samt einigen anderen im letzten Augenblick abhandengekommen. Die Tage und Nächte der damaligen Flucht hatte Gulundshaa mit ihrem Sohn und ihrer Mutter glücklich überstanden. Sie waren immer zusammengeblieben, hatten die Mitte des Gletscherhanges erreicht und den unbekannten, aber Rettung versprechenden Chomdu-Altai schon in Sicht gehabt. Und da war es passiert. Einer der Lastochsen war auf dem letzten Absatz des Aufstiegs ausgerutscht und war den Gletscherhang heruntergeschlittert. Man hatte gedacht, er würde zerschellen, aber er überschlug sich nicht, als er das Geröll erreichte; er fiel samt seiner Fracht in eine Mulde inmitten der Felsen und blieb dort liegen. Dann stand er auf, blickte zu den Menschen und Tieren über dem Gletschersattel herüber. Gündej sagte: »Ich gehe hin«, und ehe man ihr etwas erwidern konnte, lief sie zurück, in jeder Hand einen Filzlappen schwingend. Die Lappen wurden abwechselnd unter die Stiefel gelegt, damit sie nicht ausrutschten. Auf den Ochsen waren die beiden Truhen geladen, die die Wertgegenstände der gewesenen Gadyn und der Tajshy enthielten. So sah auch Gulundshaa dem Tun der Mutter, trotz zehrender Angst, mit innerlicher Zustimmung und Aufmunterung zu. Es verlief auch alles gut, Gündej erreichte heil den Ochsen. Allein, in diesem Augenblick wurde ein lautes Gejammer und Gekreische hörbar, und man sah darauf das Ende des Trosses, das aus einem Dutzend Kindern und Weibern bestand. Die Ärmsten, die unterwegs ihre Pferde verloren hatten, waren erschöpft und zurückgefallen, nun kamen sie gerannt. Sie drehten sich dabei immer wieder um und fuchtelten mit den Händen. Diese sinnlose Bewegung schien das ebenso sinnlose Gekreische auszulösen, das immer lauter wurde, je näher die Verfolger kamen. Es waren viele, und sie waren alle beritten und bewaffnet. So fielen sie schnell über die Flüchtenden her und knüppelten sie, wo sie nur konnten, nieder. Gulundshaa konnte die Stimme ihrer Mutter aus dem allgemeinen Lärm heraushören: »Seht, daß ihr wegkommt!« Auch wurden alle, die schon oben waren, von den Häuptlingen zur schnellen Weiterflucht getrieben. So mußte sie die Mutter ihrem Schicksal überlassen und sehen, daß sie mit dem Kind der Gefahr entkam. Tage später kamen einige alte Frauen nach. Von ihnen erfuhr man, daß nur wenige umgebracht worden waren. Gündej war unversehrt geblieben. Später hatte man sie unter denen gesehen, die am Steigbügel eines Reiters angekettet, zurückgeführt wurden. Diese hatten den Geretteten zugerufen, daß sie, sobald sie könnten, flüchten würden. Es kamen später tatsächlich zwei Frauen zurück, die erste bereits nach zwei Monaten. Es war eine junge, wortkarge Person, doch entlockte man ihr einiges. Gulundshaa mußte lange flehen und betteln, bis sie erfuhr, daß ihre Mutter von einem kasachischen Häuptling zur Tokal auserkoren worden war. Die Geflohene, die diese Nachricht brachte, konnte, obwohl sie ihre Eltern und Geschwister hatte, nicht gedeihen. Sie hatte ein fremdes Kind in ihrem Leib und starb noch vor dessen Geburt. Die zweite Frau kam elf Jahre später. Sie war, als sie ankam, schon eine Greisin, aber damals, als sie jenseits des Gletscherhanges bleiben mußte, war sie ungefähr in Gündejs Alter gewesen. Nun war sie alt und hatte sogar graue Haare. Diese war erzähllustig, sie war gekommen, wie sie selber sagte, um die Menschen in Kenntnis zu setzen, was aus denen geworden war, die nicht herüberkonnten. Ihre Erzählungen waren grauenhaft. Keinem der Menschen, die dortbleiben mußten, war auch nur ein wenig Glück beschieden. Sie selber hatte drei Kinder gebären müssen, die von drei verschiedenen Männern stammten. Das erste Kind war von einem Batyr, einem Kriegshelden. Dann, als sie schon schwanger war, hatte der Batyr sie einem ihm unterstellten Hauptmann abgetreten. Das Kind, ein Junge, wuchs inmitten einer großen Kinder- und Weiberwirtschaft auf. Auch ein nächstes Kind kam, doch es starb schon bald nach der Geburt. Später wurde sie von dem Hauptmann mitsamt dem Kind an einen chinesischen Händler verkauft, dem gerade die Frau gestorben war. Der Chinese war uralt, doch brachte er es fertig, daß sie wieder schwanger wurde. Auch dieses Kind starb früh. Die Frau wollte kein weiteres Kind von einem Fremden austragen, sie brach auf, sobald sie wieder einigermaßen zu Kräften gekommen war. Nach vielen Tagen und Nächten erreichte sie den Gletschersattel, den zu betreten sie damals nicht geschafft hatte. Es war früh am Tag, der Chomdu-Altai, den sie nie gesehen hatte, lag wie das Wunderland zu ihren Füßen. Die Gletschergipfel, die zur einen Hälfte in grellem Licht erstrahlten und zu der anderen sanfte Schatten herüberwarfen, die Steppen und Hügel, die unter dem Goldschimmer des herannahenden Herbstes grün-violett auf loderten und die Wälder, die aus den Falten der Berge blau-schwarz hervorlugten, das Neue, aber Ersehnte und darum Vertraute, veranlaßten sie zu heftig ausgesprochenen, innigen Worten und Tränen. Ihr Sohn, das zehnjährige Kind, fragte sie danach, was und wieso sie in einer solch falschen Sprache rede und weshalb sie weine. Sie hatte in all den Jahren kasachisch gesprochen und als Kasachin gelebt, so war ihre Muttersprache, die Sprache ihrer Ahnen, nun für ihren Sohn unverständlich. »Dort ist«, sprach sie feierlich, auf den Chomdu-Altai hindeutend, »unsere Heimat, und dort sind auch unsere Verwandten! Und wir wollen jetzt dorthin!« »Dort sollen unser Aul und mein Ata sein?« fragte der Junge mißtrauisch. »Nein, der Aul war nicht unser, und der Ata war nicht deiner. Wir sind keine Kasachen, wir sind Tuwiner!«

»Nein!« sagte der Junge bestimmt. »Kunanbaj-Batyr ist mein Ata, er hat es mir selber gesagt, und andere sagten es mir auch. Die Tuwiner sind schmutzig und feige, ich will keiner sein! Ich bin Kasache und will zu meinem Aul zurück!« Damit drehte sich das Kind um und ging. Die Mutter holte es ein, faßte es und schrie: »Noch einen Schritt, und ich werde dich umbringen, du Wolfsbrut!« Der Junge schrie zurück: »Denkst du, ich hätte Angst vor dir dreckigem Tuwinerweib?! Ich bin Kasache, bin Sohn eines tapferen Kunanbaj-Batyr!« Sie faßte ihn an der Gurgel. Auch seine Hände streckten sich nach ihrer Kehle. Doch sie waren zu kurz, nur mit den Nägeln konnte er sie zerkratzen. Sie kämpften lange. Dann zeigte sich, daß sie stärker war als er. Sie erdrosselte ihn. Sie blieb eine Weile sitzen, weinte, küßte dann die gedunsene, rötlich-blau angelaufene Stirn des Jungen, stieß ihn jenseits des Gletschersattels hinab und setzte nun allein die Flucht fort. Ihr Mann und ihre Kinder waren damals wohlbehalten angekommen, führten jetzt ein erträgliches Dasein. Eine Hälfte der Kinder war schon erwachsen, hatte eine eigene Familie. Auch der Mann war wieder verheiratet und hatte wieder Kinder. Die Frau lebte noch eine Weile, erzählte überall, wohin sie kam, grauenhafte Geschichten. Sie wurde seltsam, und eines Tages hieß es, sie hätte sich im Flußwasser ertränkt. Von dieser Frau erfuhr Gulundshaa seinerzeit, daß ihre Mutter in den ersten Tagen von einem Russen, nachdem dieser aber gefallen war, von dessen Untergebenen abwechselnd gebraucht worden war. Nur hatte dies nicht allzu lange gedauert, denn bei einem Streit, der zwischen diesen ausgebrochen war und der zu einer Schießerei geführt hatte, war sie von einer Kugel getroffen worden. Gulundshaa hatte bis dahin gewartet, nun hatte sie Gewißheit, sie brauchte nicht mehr zu warten. Das hätte sie, wäre nicht Schuumur gewesen, einsam und unglücklich machen können. Aber sie hatte ihn wieder. Ja, sie hatte das seltsame Gefühl, ihn mitzubesitzen, und sie war mit diesem ihrem Schicksal zufrieden. Mehr brauchte es nicht, und auch Dshajnaasch gegenüber empfand sie kein Schuldgefühl, auch keine Eifersucht. Um den allgemeinen Tratsch kümmerte sie sich ebensowenig. Wenn sie hin und wieder einen wohlgemeinten Tadel einstecken mußte, wehrte sie ihn ab: »Ich habe ihn zuerst gehabt, und ich bin auch nicht gefragt worden, ob ich ihn hergeben wollte oder nicht, als man ihn mir wegnahm und einer anderen zugesellte!« So hatte sie ein reines Gewissen. Nur einmal trübte es sich ihr, und sie litt deswegen. Jenes Leiden blieb in ihr und regte sich von Zeit zu Zeit. Es war in einem Spätherbst gewesen. Das Volk war gerade dabei, sich aufzuteilen und als einzelne Ails und Jurten in die Bergtäler zurückzuziehen, nachdem es sich zum Ende des Sommers von den weiten Sommerweiden in den Niederungen der drei Flüsse versammelt und dort einen langen Herbst verbracht hatte. Schuumur gehörte zu den wenigen, die in der Flußniederung überwinterten. Er hatte soeben das Winterlager in Gysyl-Ushuk aufgeschlagen, und so stand seine Jurte schon dicht in der Nähe, um die nahen Weiden vor fremden Herden zu schützen. Gulundshaas Jurte war zwei Ails weiter oben zum Ak-Chem, gehörte zum Ail des Bajs Pagwy, der in den gegenüberliegenden Bergen jenseits des Flusses, in Saryg-Ödek, sein Winterlager hatte. Es war ein neuer, noch junger Baj, ein ehemaliger Dieb, und er hatte in fernen Ecken auch den Schamanen abgegeben. Nun aber lebte er ehrlich und friedlich, war fleißig und klug. Seine noch jüngere Frau war eine der drei Töchter eines namhaften Bajs und eine gutmütige, langsame Person. Die Ehe war noch kinderlos, und er wie sie verhielten sich Schimej und ihr gegenüber gut. Zuweilen nur sagte er zu ihr: »Deine Geschichten mit den Männern wollen mir nicht gefallen. Wenn du es so weitertreibst, wirst du ewig mannlos bleiben!« Dies hörte sich, von dem jungen Mann leicht hingesprochen, wie ein Scherz an, und so antwortete auch Gulundshaa darauf scherzend: »Ich will ja auch gar keinen!«

Der Baj, der ihr bei diesem und jenem wie ein eigener Mann beschützend und helfend beistand, kam nie darauf, sie zu belästigen. Auch das gab es. Aber darum wohl gerade hatte sie ihm gegenüber Hemmungen. In dem abgeschiedenen Winterlager hätte sie es schwer gehabt, wenn Schuumur kam. Doch jetzt, wo die Menschen ständig unterwegs waren, wo nachts wie tags der Strom der Besucher nicht abriß, wo die Hunde ermüdet, ihre Sinne abgestumpft schienen, fiel es nicht so auf, wenn Schuumur jeden Abend kam und über Nacht blieb. Bewußt erlebten sie in jenem Spätherbst ihre schönste Liebeszeit. Es galt, die letzten Nächte vor dem Abschied gut zu nutzen. Eines Morgens, es war noch dämmerig draußen, noch finster in der Jurte, kam Dombuk. Sie hantierte zaghaft, aber unablässig an der Innentür, die zugeriegelt war. Sie trat auf die Türschwelle, reckte sich hoch, steckte die Hand über den Türrahmen hinein und versuchte den Riegel, der die beiden Türflügel von innen absperrte, hochzuheben. Nur war sie zu klein und konnte mit ihrer Hand nicht bis zum Riegel gelangen. Gulundshaa stand auf und zog sich schnell an, bestrebt, leise zu sein. Als sie den Riegel hochhob und die beiden Türflügel zur Seite fielen, sah sie vor sich das Kind. Es hing im Türrahmen, stolperte herein und blieb schüchtern stehen. Es trug einen wattierten Lawschak und eine Fellmütze, war aber barfuß. »Was ist, mein Kind?« fragte Gulundshaa mit zittriger Stimme. »Unser Baby ist gestorben. Mutter sagt, Vater soll kommen und es wegbringen«, antwortete das Kind. Schuumur stand schnell auf, ging sein Pferd holen, das in einiger Entfernung angepflockt stand. Dombuk ging schon, ohne auf ihn zu warten. Schuumur sattelte sein Pferd und ritt wortlos davon. Er kam den Winter über und auch im Frühjahr nicht. Erst auf der Sommerweide trafen sie sich. In der darauffolgenden Nacht kam er zu ihr, es war wieder sehr schön, aber sie spürte, daß das Süßbetäubende, das sie bisher für das verkörperte Glück gehalten hatte, nun etwas enthielt, das sie nicht übersehen, nicht loswerden konnte. Es war wie ein abkühlender Schatten, wie ein herüberschielendes Auge, es störte und blieb. So sehr sie einander über alles berichteten, nach allem forschten, jenen Morgen ließen sie unerwähnt. Wie alt mochte damals Dombuk gewesen sein? Acht? Oder schon neun? Aber auf keinen Fall älter. Sie hing damals im Türrahmen, mit gespreizten Gliedern. Ihre nackten Beine waren von den Waden her blau angelaufen, die Zehen waren lehmbeschmiert und krampfhaft gebogen. An dieses sich erinnernd, wußte Gulundshaa nun wieder, warum sie Hemmungen hatte gegenüber der zutraulichen Dombuk.

Schuumur hatte geahnt, daß Gulundshaas Jurte in Erik-Arga angekommen sein würde, aber er hatte nicht damit gerechnet, sie neben seiner eigenen und die Frau unter Mond und Sternen mit Feuer und Flamme im Warten vorzufinden. Schande, dachte er erschüttert, als er der Jurte gewahr wurde. Als er darauf die vertraute, die gefürchtete Gestalt aus der hellen Jurte hinaustreten sah, verlor er die Fassung. Es war ihm, als ob er mit dem Gesicht ins Feuer fiele. »Bei dir war alles möglich, doch so viel Frechheit hätte ich dir nie und nimmer zugetraut!« dachte er und mußte nach Atem ringen. »Du hast meine Lebensgefährtin, die Mutter meiner Kinder ein Leben lang beleidigt, und es scheint dir nun immer noch zu wenig gewesen zu sein!« Dies dachte er wohl später, oder er wollte es zumindest gedacht haben, um sich in seiner Abwehr zu bestärken und so auf alle Fälle in Sicherheit zu sein. Am besten wäre es gewesen, wenn er gleich damit hätte beginnen können, die Jurte abzubauen, sie auf die Kamele zu laden und mit allem, was fortzubewegen war, davonzuziehen. Aber das war mit den Kindern unmöglich, so hell die Nacht auch war. Sie schliefen fest, daß er sie schwerlich wach- und unmöglich munterbekommen würde. Also mußte er den Morgen abwarten. Schuumur trank drei volle Schalen Choitpak. Er kippte jede Schale mit einem Ruck hinunter. Er wollte damit nicht nur den Hunger stillen, den Durst löschen, sondern auch die Aufregung dämpfen und schneller einschlafen. Während er Choitpak trank, sich dann der Stiefel und des Lawschaks entledigte, warf er hin und wieder einen kurzen Blick auf die schlafenden Kinder. Die Jungen lagen quer im Dör. Ein Schafsfell war ihre Unterlage, ein alter wattierter Lawschak von ihm war ihre Decke. Sie lagen Arm in Arm und hatten einander fest umschlungen. Ihre Köpfe, so unterschiedlich in der Farbe, lagen dicht aneinander und so gleichmäßig mit dem Gesicht nach oben gewandt, daß man fast denken konnte, es wären Zwillinge und sie täuschten Schlafende vor. Aber es war jetzt Sommermitternacht, und da kann kein Kind wach werden und Schalk treiben. Rechts von den Jungen, längs, lag Dombuk; sie lag auf einem Stück Filz, und ein Lawschak ihrer Mutter bedeckte sie. Das Mädchen schlief mit ihm zugewandtem Gesicht und ausgestreckten Armen. Links neben dem Herd, auf ihrem Ziegenfell und unter ihrem Dshargak, zu einem Kreis gekrümmt wie ein frierender Hund, schlief Schashynbaj. Ja, Schuumur hatte eine weitere Tochter, sie war um zwei Jahre jünger als Dombuk, und sie gehörte zu jenen Menschen, die von höheren Mächten versehentlich ins Leben durchgelassen zu sein scheinen. Als ob Schuumur und Dshajnaasch gleich bei der Geburt ihrer Tochter geahnt hätten, daß es ihr schwerfallen würde, dem Leben ins Antlitz zu schauen, hatten sie ihr einen lauten Namen gegeben. Schashynbaj, so hieß eine der berühmtesten, wenn auch nicht der stärksten, so doch der selbstsichersten Schamaninnen jener Zeit. Aber die Schuumur-Tochter, deren Augen stark schielten, wurde nicht sicher im Leben. Es begann damit, daß sie keinen Zugang zu ihren eigenen Geschwistern fand und abseits von ihnen blieb. Unscheinbar lebte sie. Es war ein fast stummes, aber mit Arbeit randvoll gefülltes Leben, denn sie war fleißig, doch schien sie die Arbeit immer an dem unsichtbaren Ende anzufassen. Das Weiden der Schaf- und Ziegenherde, das Sammeln von Dung, dieses und ähnliches war ihr überlassen, es erfüllte ihr Leben, es bildete seinen Inhalt.

Schuumur konnte trotz des Choitpaks nicht einschlafen. Der Alkoholgeist, der aus Gärung geboren in der dickflüssigen Sauermilch gesessen hatte, machte sich bemerkbar: Er dampfte gleich Feuerstrahlen aus den Nasenlöchern, und Schuumur wurde von Schwindelgefühl erfüllt. Doch er konnte nicht einschlafen.

In jener Nacht, in der die Menschen das Land und den Himmel darüber mit einem Teil ihres Hab und Gutes hatten verlassen und sich von fremdländischen Dieben in Diebe verwandeln lassen müssen, hatte Schuumur eine aufregende Auseinandersetzung mit Gulundshaa. Es begann damit, daß sie ihn um Hilfe bat, er ihr aber nicht helfen konnte. Sie schien gekränkt, und das brachte ihn auf. »Nicht einmal um mein eigenes Weib und Kind kann ich mich kümmern!« sagte er barsch. »Ja, ja«, bemerkte sie dazu bitter, »was geht dich denn das Schicksal eines fremden Weibes mit einem fremden Kind auch an!« »Denkst du, ich kann etwas dafür, was ringsum geschieht?« brüllte er sie an. Ein Wort forderte das andere heraus, und mit einem Male standen sie in einem Wortgefecht. »Ich werde nicht mitkommen!« sagte sie da. »Wa-as?!« fragte er flüsternd, ein Funke zuckte dabei in seinen Augen. »Bleiben werde ich, hierbleiben werden wir! Niemand wird uns umbringen!« sagte sie bestimmt. »So?!« flüsterte er bedrohlich leise, der Funke zuckte wieder in seinen Augen, blieb aber diesmal, entbrannte zu einer spitzen Flamme und loderte immer heller. »Ja!« sagte sie höhnisch. »Die werden sich um mich reißen, ich weiß es! Auch meine Mutter wird als Weib gut genug sein für die! Und so werden wir es nicht schlechter haben als bisher!« Er schrie dumpf auf, riß die Hände hoch, die Finger waren gespreizt, zitterten. Die Zähne waren entblößt wie bei einem, der zu lachen versucht.

»Hure!« sagte er dann kaum hörbar. »Du glaubst, es tun zu

können, wirst es aber nicht schaffen. Ich werde dich vorher umbringen, beseitigen werde ich dich vom Antlitz der Erde!« Die Mutter, die dem Streit zugehört, sich aber stumm und abseits aufgehalten hatte, kam auf Schuumur zugerannt: »Bitte, Sohn, bitte! Tu das nicht! Das dumme Ding will dich nur ärgern, will deine Eifersucht wecken, weil sie dich liebt! Natürlich werden wir mitkommen. Wir werden tun, was andere auch tun, und sei es das Sterben!« Darauf wandte sie sich der Tochter zu: »Was redest du für dummes Zeug, liebes Kind ...« Mutter Gündej hatte eine weiche, klangvolle Stimme, sie sprach bedacht, sie konnte nicht schimpfen. Auch fiel Schuumur auf, daß die gewesene Gadyn immer noch sehr schön war. Das beruhigte und beunruhigte ihn zugleich. »Ich werde kommen und sehen!« sagte er zweideutig. Damit ritt er davon, aber er kam nicht zurück, denn er kam nicht dazu. Er hatte mit anderen bewaffneten Männern zu den Ails am Rande des Landes zu reiten und sie zum sofortigen Aufbruch zu bewegen. Der Gedanke, ob das, was Gulundshaa zu ihm gesagt hatte, doch nicht ihre wahre Absicht gewesen sein könnte, verließ ihn in den Tagen und Nächten darauf nicht. Zu seinem Ärger vermochte er den ganzen Tag über nicht zu erfahren, ob sie mit unterwegs war, und wenn ja, wo sie steckte. Er war erleichtert, als er dann, bei seiner Ankunft in der neuen Heimat erfuhr, daß sie mitangekommen war. Daß ihre Mutter nicht unter den Angekommenen war, nahm er mit Ruhe zur Kenntnis, und wenn er irgendwann über das tragische Schicksal der Frau betrübt war, dann nur wegen Gulundshaa.

Schuumur ärgerte sich über sich selber, daß er sich nun ausgerechnet an diese Dinge erinnerte. Das Holzbett, in dem er mit Dshajnaasch und jeweils dem jüngsten Kind geschlafen hatte, wirkte in dieser Nacht besonders breit, es quietschte bei jeder Bewegung. Er hatte das Bedürfnis, sich immer wieder herumzuwälzen, von der einen auf die andere Seite zu werfen, um die vergangenen Geschehnisse abzuschütteln, die sich aus der

Erstarrung lösten, auf ihn zukamen und ihn gleich einem Alptraum anpackten. Eine solch ruckartige Bewegung schien alle Stimmen, die im Bett als Zeugen gewesener Zeiten eingehaucht schliefen, zu wecken; es knarrte und quietschte aus all seinen Fugen. Und aus dem Stimmengewirr glaubte Schuumur das zutrauliche Flüstern von Dshajnaasch, das muntere Lallen seiner lebendigen Kinder, die nun, dem elterlichen Bett entwachsen, auf dem Fußboden der Jurte ihr Dasein fortsetzten, und das schmerzvolle Stöhnen seiner toten Kinder herauszuhören, die hier und dort in den Bergsteppen als Haut und Gebein, als Erde und Stein, Luft und Licht ruhten. Das Gewieher der Stute und des Fohlens, das nach einer kleinen Pause wieder einsetzte, kam hinzu. Es kam ihm wie der Ruf irrender Wesen vor. Sie schienen, abwechselnd, von zwei Seiten, an ihn gerichtet. Was ist, dachte er, wenn die Seelen von Dshajnaasch und ihren toten Kindern so herumirren und aus zwei Unglückstieren nach mir rufen, nach mir, der ihnen auf Erden am nächsten gestanden hat? Bei dem Gedanken wurde ihm unheimlich. Er dachte daran, hinauszugehen und das Fohlen loszubinden, doch fiel ihm ein, daß Stute und Fohlen absichtlich voreinander versteckt sein könnten. Er kannte den Vorgang, er kannte seine Tochter. Es fiel ihm überhaupt schwer, gegen den Willen seiner Tochter aufzutreten. Außerdem konnte, wenn er das Fohlen zu früh losband, am Ende alle Mühe vergebens gewesen sein. So mußte er sich das Gezeter weiter anhören. Indes schlich sich die Nacht unaufhörlich davon, der Morgen war ihr auf den Fersen. Und erst spät kam der Schlaf, befiel den Wachenden, erlöste den Verdammten für eine kleine, lichte Weile.

Dombuk träumte einen neuen Traum. Schimej kam auf sie zu. Er hatte ein prächtiges, schönes Gewand an, wie es einmal drei unbekannte junge Männer, die bei ihnen übernachtet hatten, getragen hatten. Das war die Soldatenuniform, das wußte sie nun. Der Schirm der Mütze und die großen gelben Metallknöpfe in zwei Reihen entlang des Mantelsaumes glänzten und strahlten Licht aus, so daß sie von seinem Aussehen sofort entzückt war. Je näher er ihr kam, desto größer wurden die Knöpfe, bis schließlich ein jeder von ihnen einer Sonne glich. Im Glanze dieser Sonnen hatte Schimej eine mächtige Gestalt, ein schönes Gesicht. Mit einem Mal entdeckte sie Gulundshaa neben sich. Diese schien ihren Sohn mitzuempfangen. Und sie sprach, die Arme sanft vorgestreckt, die Handflächen nach oben gekehrt, Verse in Stabreimen; das war dem Klang nach wie bei einem Wettstreit auf einem Fest oder bei einer Herbeischwörung von Geistern. Und das, was die Frau sprach, war wie bei allen feierlichen, gereimten Reden im ganzen mitreißend, in Einzelheiten jedoch unverständlich. Dombuk war überglücklich, sie wünschte sich, daß jene weiterreden möge, immer weiter. Und da wußte sie mit einem Mal auch, weshalb dieses geschah: Gulundshaa sprach mit der Stimme von Dshajnaasch. Das ist die Stimme unserer Mutter, dachte sie bebend. Also ist unsere Mutter nicht gestorben, sie hat sich nur gewandelt! Sie war glücklich, so glücklich, wie sie es wohl vorher noch nie gewesen war. Wie schlecht, daß wir es vorher noch nicht gewußt haben, aber dennoch wie gut, daß wir es wenigstens jetzt erfahren, dachte sie. Sie bebte, sie glühte vor so viel Glück. Da erwachte sie. Das erste, was sie empfand, war Enttäuschung. Dann merkte sie, daß sie geweint hatte. Sie sah die ersten gelben Pünktchen in der Finsternis durch die nassen Wimpern und wischte mit der Handfläche die Tränen ab. Dabei fiel ihr der gestrige Tag und auch dies ein, daß der Traum wenigstens in einem stimmen mußte: Frau Gulundshaa war in der Nähe! Oder, kam ihr gleich der Zweifel auf, war dies, auch dies nur geträumt?! Sie stand auf, warf den Lawschak, der sie bedeckt hatte, über die Schultern und ging hinaus. Es dämmerte noch, es war jener Zeitenbruchteil, in dem der erste Bote des Tages mit dem letzten der Nacht zusammentraf, wo es weder dunkel noch hell war, und wo die Luft von rötlich gelben und schwärzlich grauen Pünktchen zu sieden schien. Die Stute und das Fohlen waren verstummt, der Schlaf hatte sie überwältigt. Wie froh war Dombuk, als sie inmitten dieses Dämmerns die andere Jurte und einen Bruchteil des Augenblicks darauf aus ihr eine Frau hinaustreten sah! Diese wirkte verschwommen in ihren Umrissen, eine große, unwirkliche Leichtigkeit ging von ihren Bewegungen aus, sie schien zu schweben. Wie denn, ging der Traum noch weiter?! Um schnell Bescheid zu haben, schritt Dombuk entschlossen auf sie zu. Gulundshaa kam ihr entgegen. Im Dämmerlicht wirkte ihr Gesicht wie das eines Mädchens, und es war unglaublich, war wunderbar. Denn Dombuk konnte nicht wissen, daß dies das Ergebnis eines Trugbilds war. Aber sie erkannte gleichsam, daß dieses wundersam junge Gesicht bleich, sehr bleich war. Auch sie hatte einen Lawschak über die Schultern geworfen und war barfuß. So ähnelten sie einander. Dombuk, getrieben vom Verlangen, sich Klarheit zu verschaffen, brach die Stille: »Hör doch zu, Awaj! Ich habe geträumt, Ihr, Schimej und ich zu dritt ...« Gulundshaa faßte das Kind schnell an beiden Oberarmen und rief leise aus: »Kein Wort weiter!« Dann sagte sie fast flüsternd: »Behalte den Traum für dich.« Jetzt erst fiel Dombuk ein, daß man seine guten Träume keinem verraten durfte. Sie war jetzt enttäuscht von sich selbst und verbittert über ihre eigene Einfältigkeit, denn Gulundshaa hatte wieder ihre frühere, die fremde Stimme und nicht die, die sie vorhin während der Traumes gehabt hatte. Ich dummes Weib, schimpfte das Mädchen in Gedanken sich selbst: Hätte ich die Geduld gehabt zu warten, bis sie von sich aus den Mund aufmacht, wer weiß, wie es dann gekommen wäre, denn alles hat doch bisher so gut wie gestimmt, so wie ich es geträumt habe! Erst jetzt entdeckte Dombuk die Kamele. Und sie erstarrte für eine Weile. Gulundshaa sah das und mußte die Zähne zusammenbeißen. Denn bitteres Mitleid packte sie plötzlich, Mitleid mit dem Kind. Die Reue, die sie in der Nacht gleich einer Brandwunde auf der Seele, dort wo das Zwerchfell endete, gespürt hatte, auch die Scham und die Kränkung, die sie abwechselnd gepeinigt hatten, alles schien erträglich gegenüber diesem Schmerzgefühl, das sie wegen anderer Menschen erleiden mußte. Die Kinder konnten geglaubt haben, sie würden ab nun nicht mehr so verwaist sein. Die Frau stand gekrümmt, schwankte und wimmerte leise dabei und war bereit, laut aufzuschluchzen und heiße Tränen zu vergießen, um das Leid zu erleichtern, das sie überfallen hatte. Nur kam sie nicht dazu, denn Dombuk löste sich aus ihrer Erstarrung, warf die Arme in die Breite und sprach mit krankhafter Leidenschaft: »Vater Himmel und Mutter Erde: Arm und verwaist bin ich, das ist wahr, bin aber kein Wurm, der sich zertreten läßt! Ich werde mich wehren, und dies bei Euch und auch beim Geist meiner toten Mutter!« Darauf lief sie zu den Kamelen und band sie eines nach dem anderen los. Die Kamele standen sofort auf und gingen mit weitausholenden, lautlosen Schritten davon. Sie verrieten Freude und Eile. Gulundshaa sah dem zu und stand wie angewurzelt. Sie war erfüllt von Schreck und Freude. Auch Mut bemächtigte sich ihrer, sie war angesteckt von dem Kind, und mit einem Mal wußte sie, sie mußte um ihr Glück kämpfen.

Die Stute meldete sich wieder. Ihr erstes Gewieher war überlaut. Es weckte das Fohlen, die Herde, den Ail, wohl auch das Flußtal und die Berge und Wälder ringsum. Schuumur entdeckte das Fehlen der Kamele sofort. Ein dumpfer Aufschrei, darauf, sachkundig geworden, schüttelte er die Fäuste. Seine Augen schienen dabei Funken zu sprühen, und ihr Blick war auf Gulundshaas Jurte gerichtet, bedrohlich gleich einem Gewehrlauf. Da hörte er hinter sich Dombuks Stimme: »Ich war es!« Schuumur drehte sich heftig um, ging mit einem Satz auf das Kind los und packte es am Kragen. Mit verzerrtem Gesicht und stotternd schrie er: »Wa-wa-warum das?!« »Weil ich nicht will, daß wir hier wegziehen!« war die Antwort. Der Mann stieß das Kind von sich weg, es schnellte einige Schritte zurück und stürzte rücklings. Dombuk schlug hart gegen die von Tier und Mensch festgetretene Erde auf. Die Stimme blieb ihr lange weg. Dann, als diese zurückkam, stand sie schon wieder auf den Beinen. Es war zuerst ein Schrei, aus den Leibeskräften eines Wesens zustandegekommen, das in der Seele verwundet war. Das Geschrei, das zunächst keinen weiteren Sinn hatte, als diesen großen Schmerz auszudrücken, verwandelte sich nach einigen Wiederholungen in Rufe an den Himmel, die Erde und ihre Gegenstände im einzelnen. »Ihiiij, blauer Himmel, sieh! Eheeej, schwarze Erde, höre! Ajaaj, Chomdu-Fluß, halte an! Uhuuuj, Erik-Arga, wisse! Warum habt ihr uns die Mutter genommen?! Was habt ihr davon?! Was haben wir euch Schlechtes getan?! Ihiiij, Vater-Altai, sage, warum, warum, warum das, eeeheheeej!« Schuumur packte das kreischende Kind, wollte es zum Schweigen bringen, er schüttelte und brüllte es an. Doch Dombuk schrie noch lauter, wurde noch wilder: »Schlag mich tot, sag aber vorher, wofür! Ich habe nichts verbrochen, der blaue Himmel und die schwarze Erde sind meine Zeugen!« Dazwischen und danach schrie sie, sie schrie und schrie. Gulundshaa war herbeigeeilt. Sie hing an Schuumurs Arm und rief: »Laß von dem Kind ab und höre, was ich sage!« Schuumur ließ Dombuk los und befreite sich barsch aus Gulundshaas Griff. Er lief zu dem Lassostrick, den Dombuk am Pflock hatte liegen lassen, hob ihn auf und hantierte daran. Gulundshaa hielt Dombuk im Arm, wischte ihr die Tränen mit der Hand aus dem Gesicht und versuchte auf sie einzureden, sie bat sie, zur Besinnung zu kommen und mit dem Schreien aufzuhören, da ihre jüngeren Geschwister und auch das Vieh im Schlaf aufgeschreckt werden und ebenso die Berge und der Fluß erzürnt werden könnten. Das Kind ließ sich trösten, es beruhigte sich ein wenig und ging zu schluchzendem Weinen über. Da aber waren die Kinder schon wachgeworden und herausgerannt. Sie standen alle drei dicht aneinander gedrängt. Schashynbaj hatte ihren Dshagy umgehängt, Dongur und Tasaj waren in Hemd und Hose, was um diese Jahreszeit ihre ganze Kleidung in der Jurte und im Freien darstellte. Nun sprach Gulundshaa: »Hör zu, Schuumur!«, begann sie betont ruhig und legte eine kleine Pause ein. »Selbst ein jedes Tier kann sich verständigen mit seinen Artgenossen«, fuhr sie fort und machte eine schnelle Kehre. »Wir sind Menschen, und uns sind Sprache und Verstand gegeben. Alle deine Kinder stehen hier um dich herum, sie sind längst in der Lage zu verstehen, was sie sehen und hören. Es ist jammerschade, wenn ich wieder euren Hausfrieden gestört und euch Ärger und Kummer verursacht habe. Meine Absicht war das nicht. Vielmehr wollte ich euch beistehen, euch meine Nähe, alles, was ich habe, alles, was ich kann, anbieten, da ich dachte, ihr hättet es nötig. Aber auch, da es eine Zeit gab, wo ich mich vor euch und anderen, die heute nicht mehr unter uns sind, schuldig gemacht habe. Ich war so dumm zu glauben, ich könnte nun jene Schuld wieder tilgen.«

Sie hielt inne, verfolgte Schuumur, der immer noch mit dem Lassostrick hantierte, mit ihren Augen. Dann fuhr sie fort: »Die Kamele können sich nicht weit entfernt haben. Reite ihnen nach und hole sie zurück. Indes werde ich mit den Kindern eure Jurte zum Umzug rüsten.« Bei diesen Worten erhob Dombuk erneut ein Geschrei, in das auch die anderen Kinder einfielen. Schashynbaj begann mit ihrer tiefen, tonlosen Stimme als erste, und die Jungen folgten ihr mit ihren hellen, scharfen Stimmen wie aus einer Kehle. In diesem Augenblick setzte erneut lautes Gewieher der Stute ein, das von dem Fohlen erwidert wurde. Gulundshaa wandte sich wieder Dombuk zu, die von allen Kindern am heftigsten schrie. Nur ließ sie sich diesmal nicht trösten, sie schien im Zorn vergehen zu wollen, stampfte dazu mit ihren wetterrissigen Füßen auf die Erde, so, daß wie ein stummes Echo ihrer Schreie Staub aufstieg. Die Frau hielt das Kind wie flehend im Arm, behielt auch die anderen Kinder im Blick. Hin und wieder richtete sich dieser Blick auch auf den Himmel, und aus ihrer Haltung war zu schließen, daß die Würde, die sie soeben zur Schau gestellt hatte, nun wankte. Schuumur warf den Lassostrick zu Boden und blickte auf, sein Gesicht wirkte fast schwarz, sein Kinn bebte. Ihm schien der Verstand auszusetzen. Mit einem Laut, der mehr Geröchel als Gebrüll war, und mit erhobenen Fäusten lief er auf sie zu. Sogleich mußte er wohl die Sinnlosigkeit dieses Kampfes einsehen, denn die Kinder, zumindest die drei Jüngeren rissen vor ihm nicht aus, wie er es erwartet hatte, sondern blieben jeder auf seinem Fleck, und kreischten nun nur noch umso lauter. Aufgebend senkte er die Fäuste, lief schnaubend davon. Eine gute Weile rannte er gleich einem Wahnsinnigen in scharfen Ecken hin und her, schien dann zur Besinnung zu kommen, eilte auf die Jurte zu, trat ein und blieb verschwunden. Die Kinder beruhigten sich nun langsam und gingen auf Gulundshaas Weisung zum Fluß, um sich die tränenüberströmten Gesichter zu waschen. An ihrer eigenen Jurte angekommen, sah die Frau den Kindern nach und mußte sich plötzlich schütteln. Dombuk schritt, an jeder Hand einen Bruder, mit vorgebeugtem Oberkörper, Schashynbaj trottete hinter ihnen her, einsam und mutlos. Gulundshaa empfand in allen Gliedern eine große Schwäche, schwankend trat sie in ihre Jurte ein, hatte sich aber noch in der Gewalt. So blieb sie in der Jurtenmitte stehen und versuchte, nicht auf das Bett zu blicken, denn sie wußte, daß sie in Tränen ausbrechen würde, wenn sie dazu käme, sich hinzustrecken und unter sich einen Halt zu wissen.

Das Flußwasser wirkte weich und lau. Es war, als ob es, die Sonne vom Vortag in ihm aufgelöst, auf die Kinder gewartet hätte. Dombuk zog die Brüder splitternackt aus, stellte sie ins Wasser und wusch sie gründlich ab. Die beginnende Schamhaftigkeit bei Dongur mußte sie gewaltsam überwinden. »Laß die Dummheit, Junge!« belehrte sie ihn streng. »Das ist etwas,

was sich unsereiner nicht leisten kann.« Währenddessen ließ sie Schashynbaj die Hosen und Hemden der Brüder lausen. »Wie sieht es aus?« erkundigte sie sich bei ihr. »Es geht«, antwortete diese. »Es geht, es geht!« äffte sie die jüngere Schwester nach. »Also ist was! Hoffentlich schaffen es deine Augen, auch die Nissen auszumachen! Schau gut in den Nähten nach!« Die Brüder entließ sie mit der selbstzufriedenen Bemerkung: »Eine Weile könnt ihr euch am Ufer austoben!« Dann prüfte sie die Kleidungsstücke, die Schashynbaj durchgesehen und aus der Hand gelegt hatte. Die jüngere Schwester verriet Unsicherheit, schielte versteckt herüber, und Dombuk wußte natürlich Sachen zu finden, die ordentliche Rügen verdienten. Schashynbaj, die schutzlose Kreatur im Reich der Menschen, duckte sich und nahm die belehrenden und beleidigenden Bemerkungen wortlos hin. Die Kinder blieben bei Dombuks Sinn für Tüchtigkeit ungewöhnlich lange am Fluß und kamen ausgelassen zurück. Sie schienen vergessen zu haben, was am frühen Morgen vorgefallen war. Schuumur hatte die Jurte aufgeräumt und Tee gekocht. Vor ihm stand neben der Messingkanne die flache Holzschüssel. Sie war reichlich gefüllt mit Gurut und Öreme. Kanne und Schüssel standen auf dem viereckigen Brett, das den Tisch darstellte. Schweigend und mit mildem Blick empfing der Vater seine Kinder. Der Zorn war verschwunden. Nur qualvolle Unsicherheit wohnte in seinem Blick, und er versuchte sie vergeblich zu verheimlichen. Auf Dombuks Bewegung hin nahm ein jeder seine Trinkschale und hockte sich neben dem Herd nieder. Der Vater schenkte Tee aus. Die Jungen wagten nicht, sich an die Schüssel heranzumachen. Dombuk nahm zwei beträchtliche Brocken aus der Schüssel, belegte jeden mit einem Bruch Öreme und reichte sie den Brüdern auf die Hand. Dongur und Tasaj verständigten sich mit den Augen, den Leckerbissen erst draußen zu genießen. So tranken sie den Tee, den sie in der Schale hatten, wie um die Wette aus und standen auf. Beim Hinaustreten wollte jeder der erste sein, was keinem gelang. Sie zwängten sich durch den Türrahmen, und Tasaj stolperte dabei. Obwohl die erwartete Rüge ausblieb, fauchte er draußen mit verzogenem Gesicht und halb flüsternd den älteren Bruder an: »Du bist schuld daran!« Dongur kam ihm friedfertig entgegen: »Na gut. Dann halte eben meine Gurut, und ich werde beide Schalen abwaschen und in die Jurte bringen!« Die Jungen hatten ihre Freude an dem Gurut vom Vorjahr. Er hatte eine steinharte Außenrinde und ergab, wenn er fein zermahlen und mit der kesselfrischen Öreme zu einer flüssigen Masse gekaut war, einen betörenden Geschmack. Sie erlaubten einander, an dem Stück des anderen zu knabbern, dabei aber blieb jeder auf der Hut, daß ihn der andere nicht benachteiligte. So hatten sie eine weitere glückliche Stunde aus der unendlich scheinenden Zeitmenge des Lebens.

Die Mädchen frühstückten flüchtig und gingen ihren Pflichten nach. Anfangs kam das Melken. Dombuk machte sich an die Yakkühe und Schashynbaj an die Schafe und Ziegen. Zuerst molken die Mädchen still. Das war bedrückend, wie immer, wenn stumm gemolken wurde. Doch dann erklang Dombuks Stimme, sie war anfangs zittrig und unsicher, wurde jedoch nach und nach fester, gewann an Sicherheit: *gürgüi, gürgüi, gürgüi …* Das Ganze bestand aus dem einen Wort. Aber es war ein Gesang mit einer guten Melodie. Der Erguß der Milch aus den vier Zitzen wirkte wie das Herniederprasseln eines kleinen Regens, wie ein fortwährender Trommelschlag. Bald fing auch Schashynbaj an zu singen mit ihrer heiseren, brüchigen Stimme, wobei der Text bei den Ziegen lautete: *dshitschij, dshitschij, dshitschij …* War sie jedoch bei den Schafen angelangt, wechselte sie den Text in: *toega, toega, toega …* Und sie wußte nicht, weshalb sie diesen Unterschied machen mußte, kein Mensch wußte das. Aber es war so überliefert, und Tatsache war, daß kein Schaf sich ein dshitschij, dshitschij gefallen ließ und ebenso keine Ziege auf ein *toega, toega* einging. Bei

Schashynbaj kam es schon vor, daß sie eine Ziege mit einem Schaf verwechselte. Aber das mußte sie alsbald bemerken, denn das Euter blieb kalt, und die Zitzen blieben leer. Ansonsten aber brauchte sie das Tier am Euter nur anzufassen, die Zitzen ein paarmal zu streicheln und schon schoß Milch hinein, das Euter lief warm an, und das Tier stellte sich genüßlich wiederkäuend mit gespreizten Hinterbeinen hin. Nun sangen und molken die Schwestern um die Wette. Und dieses schien Frieden auf die Tiere, die Herden, den Ail und auf Berg und Tal auszustrahlen. Eigentlich gehörte es sonst zu den Pflichten der Jungen, den älteren Schwestern beim Melken kleinere Hilfen zu leisten. Aber heute wurden sie nicht gerufen, und so blieben sie auf der Sonnenseite der Jurte sitzen. Schuumur suchte sich eine Beschäftigung, die eigentlich Zeit gehabt hätte: Er breitete in der rechten Jurtenhälfte seine Jagdausrüstung aus, um den Inhalt der Ledersäckchen verschiedener Größe und den der Stoffbündel verschiedener Farbe zu prüfen, manches zu mischen, und dieses und jenes auszubessern. Das war wie eine Bestandsaufnahme. Er tat es sonst erst, wie alle Männer auch, die die Jagd als eine Nebenbeschäftigung betrieben, gegen Ende des Sommers, wenn dem Murmeltier das junge Haar ausgewachsen war und das Fell zu etwas taugte, wenn die Zeit herangerückt war, in der man die langen Ritte machte, oft mit einem Führpferd. Die kleinen Ausritte zu den Murmeltieren in der Ailnähe, die man zwischendurch unternahm, dienten als Übung.

Die Stute und das Fohlen lärmten wieder. Sie hatten eine größere Pause gemacht, und mußten sie wohl auch machen, denn für ein fortwährendes Gewieher hätte ihnen nach alledem die Kraft schwerlich gereicht. Die Menschen hatten das zweistimmige Gewieher, diesen Wechselruf einer Tiermutter und eines Tierkindes im Ohr. Dort saß es, fraß sich weiter bis in das Bewußtsein, bis in die Seele, und man wünschte, die verwaisten Tiere möchten zueinander finden, um aus dem gespaltenen Glück wieder ein ganzes werden zu lassen. Dieser Wunsch, von dem man noch nicht wußte, ob er sich erfüllen würde, schmerzte, brannte irgendwo, wie ein Dorn, der im Körper steckte. Also litten die Menschen beim Gewieher der Stute und des Fohlens. Aber sie versperrten dieses Gefühl in sich. Mehr noch, sie taten so, als würden sie das Gewieher schon nicht mehr hören und das Fohlen und die Stute nicht mehr sehen. Aber dieses Leiden war bei den einzelnen recht unterschiedlich abgestuft. So war es bei Schashynbaj ein lähmendes Leiden, während es bei Dombuk ein beflügelndes war. Bei jedem Wiehern der Stute dachte sie: »Na warte, du alte Dirne, gleich werden wir sehen, wer die Wette gewinnen wird, du oder ich!« Sie dachte dieses mit Schadenfreude, die beim Ausgang der Wette entweder in Mitleid oder in Haß münden mußte.

Gulundshaa hatte sich in der Gewalt und im Gleichgewicht halten können. Nun sah sie ruhig auf die Welt und fand, daß die Dinge ihre eherne Ordnung hatten. Alles war dort und so, wie es sein sollte. Ein jeder zeigte sich geschäftig und dem Schlag, der sie alle zu früher Stunde überrascht hatte, entronnen. Bei dieser Feststellung empfand sie Erleichterung, aber auch Enttäuschung. Dieses, weil sie sah, daß auch ohne ihr Zutun die Welt bestand und das Leben bestens verlief. Aber das war kein Grund, nun die Festung aufzugeben, die sie sich verschafft hatte. Ihr ausgiebig gewaschenes Gesicht, sorgfältig gekämmtes Haar und stramm gebundenes Kopftuch darüber verliehen ihr ein feierliches Aussehen. Sie stellte den hölzernen Melkeimer abseits von der Yakkuh hin und ging zu dem zweijährigen Kalb, um es ein zweites Mal kurz an das Muttertier heranzulassen, damit in das Euter der Kuh wieder Milch strömte. Das vorjährige Kalb war frech geworden in der letzten Zeit. Aber Gulundshaa faßte es jetzt so fest am Hals, daß es spüren mußte, mit Frechheit war nichts zu erreichen. Die Entschlossenheit, sich zu behaupten, war in der Frau endgültig erwacht. An diesem Tag kam die Sonne zögernd, sie brauchte lange, bis sie die Berge, die ihr im Wege standen, erklettert hatte. Aber dann, als sie einmal über den Charaat-Kamm gestiegen war, erhob sie sich schnell und loderte ungestüm. Die Sommerhitze brach herein. Es war die erste in diesem Jahr.

*Churaj, churaj, churaj …* Das war nur halb gesungen, allein, in der hellen Stimme Dombuks, die dieses unvermittelt und hemmungslos hintereinander ausrief, lag etwas Ergreifendes und Erschütterndes. Die Stute und das Fohlen hatten das Wechselgewieher gerade wieder aufgenommen. Nun verstummten sie abrupt. Sie schienen überrascht, und überrascht waren auch die Menschen. Ein jeder unterbrach seine Beschäftigung und lauschte. Denn es waren doch Beschwörungsrufe, und sie galten immer dem Himmel und der Erde!

*Erhör diese Bitte, Vater Himmel!*
*Erhör dieses Flehen, Mutter Erde!*
*Erhört es und steht mir bei,*
*Die ihr mir eine Stimme gabt und die Mutter nahmt,*
*Churaj, churaj, churaj!*

Das war nun schon gesungen, der Gesang hatte eine gute, die allbekannte Melodie. Und die Stimme des Mädchens erhob sich aus dem Stimmengewirr des Tages, wirkte mächtig, wühlte auf. Die Ausrufe erschollen bis in die Wälder an den oberen, steilen Nordhängen der südlichen Berge, bis an den Fluß und an die Felsen hinter ihm. So hallte es von zwei Seiten und hintereinander wider: *churaj, churaj, churaj …*

Dombuk stand in einiger Entfernung von der Stute in der Hürdenmitte, hielt den Kopf schief und schien gespannt auf das Echo der eigenen Stimme zu lauschen. Es kam ihr wie eine Antwort von seiten der himmlischen und irdischen Elemente vor, die sie umgaben. Sie war in sich vertieft wie eine Schamanin, war feierlich gestimmt und von der Macht ihrer Kunst fest überzeugt. Sie wartete, bis ihre Ausrufe, die sie in alle Himmelsrichtungen ausgeschickt hatte, zurückkehrten und sich im Gesumm, dem Atem des Tages auflösten. Dann rief sie, wie aus einem Traum erwachend, mit schneidend heller Stimme: *gurruj-gurruj-gurruj!* Die Stute und das Fohlen wieherten gleichzeitig, und sie wiederholten es mehrmals hintereinander. Es war wie ein Schreckensruf, wie ein Alarmschrei.

*Gib deine weiße, weiße Milch, Mutter!*
*Lösch den roten, roten Brand aus,*
*Den Durstbrand, der brennt auf der Zunge,*
*Auf der Zunge deines armen Kindes,*
*Gurruj-gurruj-gurruj!*

Die Stimme des Kindes übertönte das pausenlos andauernde Gewieher der Stute und des Fohlens. Mit neuem Gewieher und Sprüngen antworteten die Tiermutter und das Tierkind auf den Gesang, den Ausruf. Aber Dombuk achtete scheinbar nicht darauf, denn sie bewahrte die Haltung, in der sie gestanden und gesungen hatte. Doch das war nur gespielt, war gezielt, berechnet. Das war ihre Rache an der Stute und an der Natur, an ihren Gesetzen. So sang sie weiter, und jedes Mal, wenn eine Strophe zu Ende ging und das dreifache *Gurruj* wiederkehrte, entstand Unruhe: Die Stute bäumte sich auf, ging auf die Hinterbeine, verlor das Gleichgewicht und stürzte. So schien sie die Dreifußfesseln zerreißen und den Birkenpflock brechen zu wollen, aber ihre Kräfte waren schwächer als ihr Wille. Doch konnte sie diese schlichte Wahrheit nicht begreifen und unternahm den Versuch, den Fesseln und dem Strick zu entkommen, stets von neuem. Wieder sah man Blut an ihren Lippen, auch ihre Augen waren rotunterlaufen. Ihre glänzenden, blutroten Augen zielten in die Richtung, aus der das Gewieher des Fohlens kam, sie schienen durch die Jurte hindurch zu blicken, auf die unsichtbare Stelle hin, an der sich das Fohlen befinden mußte. Dabei zitterte und bebte sie am ganzen Körper, und ihr Gewieher wurde immer brüchiger, immer ähnlicher dem Geschrei einer Wahnsinnigen. Endlich hielt Dombuk den Augenblick für gekommen und gab den Brüdern, die schon die Anweisung bekommen und auf einen Wink gewartet hatten, das Zeichen. Darauf trat sie selber an die Stute heran, nahm ihr die Fesseln ab und band sie vom Pflock los. Aber noch hielt sie den Pflock fest in der Hand, und die Stute preschte in wilden Sprüngen um sie herum. Da kam das freudige Wiehern des Fohlens näher, und Dombuk ließ die Stute los. Sie galoppierte schnaubend davon, dem sich nähernden hellen Gewieher entgegen. Von dem heftigen Ruck schnellte das freie Ende des Lassostricks pfeifend hoch in die Luft, ringelte sich, löste und glättete sich alsbald und fiel nur langsam und schwebend herab. Das Fohlen kam hinter der Jurte hervorgeschossen, die Stute stürzte sich ihm mit Geröhr entgegen. Sie waren zu schnell und galoppierten aneinander vorbei. Beide kamen in einem Bogen zurück, aber wieder verfehlten sie sich. Doch diesmal gelang es ihnen, sofort zu bremsen und kehrtzumachen. Sie stießen sich wie zu einem ersten Gruß mit dem Maul, berochen einander. Dann näherte sich die Stute mit einem dumpfen Gebrumm dem Fohlen, sie beroch es am Hals und am Rücken und wollte sich mit gespreizten Beinen hinstellen. Allein, das Fohlen drehte sich abrupt um und trabte davon. Die Stute folgte ihm. Das Fohlen lief schneller, auch die Stute tat es, und so wurde daraus ein Rennen. Es riß vor ihr aus, und sie jagte hinterher.

Dombuk hatte einen Fehler gemacht. Sie hatte bisher nur Fälle mit Fohlen erlebt, die von ihren eigenen Müttern verstoßen worden waren. Da war die Stute für das Fohlen immerhin die eigene Mutter und hatte den Muttergeruch. Bei einem Fohlen jedoch, das von einer anderen Stute angenommen werden sollte, blieb diese, auch wenn sie umgestimmt war, die Fremde, und es mußte sich erst an sie gewöhnen, wie diese an jenes auch. Hierzu mußte aber zuerst der fremde Geruch überwunden werden. Das Fohlen, zottig und verschnürt, bot ein jämmerliches Bild: Man sah ihm an, daß es alles daran setzte, der Stute zu entkommen. Die Stute dagegen sah mit ihrer flatternden Mähne und ihrem fliegenden Schweif stolz und gefährlich aus. Aber das war nur der äußere Schein. In Wirklichkeit war sie nahe daran, jeden Augenblick zusammenzubrechen, denn sie war am Ende ihrer Kräfte. Doch war in ihr Euter, das tagelang einem Stein geglichen hatte, das Leben zurückgekehrt: Milch lief, gleich zwei weißen Fäden, aus den Zitzen.

Das Fohlen wurde am Waldrand eingeholt, drehte sich in seiner Angst jäh um und galoppierte zum Ail zurück. Beide kamen mit dem Rest ihrer Kräfte an. Zuerst brach die Stute zusammen. Mit einem Hinterhuf trat sie in ein Zieselmausloch, stolperte rückwärts, kam aus dem Gleichgewicht und sackte zusammen. Es sah aus, als ob sie sich hinlegte, zuerst auf die linke Flanke, dann auf den Bauch. In dieser Lage blieb sie. Das Fohlen fiel schnell aus dem Galopp, gab auch den Trab sogleich auf und blieb schließlich nach ein paar Schritten stehen.

Die Kinder kamen gerannt, fingen das Fohlen ein und führten es langsam auf die Stute zu. Diese brummte leise, und ihre Augen waren auf das Fohlen gerichtet, ihr Blick war klar und warm. Das Fohlen dagegen blickte zerstreut und unschlüssig, und sein schwacher Widerstand drückte Furcht aus. Das vom Schweiß glänzende Fell der Stute zuckte und zitterte. Das Fohlen hingegen steckte bis auf den Kopf unter dem fremden, nun schon vertrockneten Fell. Dombuk faßte die liegende Stute an der Mähne und rief mit trillernder, unbarmherzig scharfer Stimme: *gurrruj-gurrruj-gurrruj!*

Ein Schlag schien in den Leib der Stute zu fahren und blieb als knisternde, prickelnde Welle, denn der Gesang setzte wieder ein:

*Gib deine weiße, weiße Milch, Mutter!*
*Einem ist es gelungen aufzustehen,*
*Einem ist es gegeben zurückzukehren,*
*Und es ist deines, sieh und erkenne es!*
*Gurrruj-gurrruj-gurrruj!*

Die Stute versuchte, sich hochzurecken, die Sängerin half ihr, und es gelang dem Tier, aufzustehen und das Gleichgewicht zu finden. Die Jungen zerrten das Fohlen an die Stute heran, duckten seinen Kopf unter ihren Bauch und steckten ihn zwischen ihre Hinterbeine. Das Fohlen wehrte sich gegen den Druck, doch das geschah nicht stürmisch, nicht offen; es schielte nach den Hinterbeinen der Stute, nach den schweren Hufen mit den scharfen Kanten. Sein Gedächtnis konnte ihm das Bild vom Vortag noch erhalten haben. Brummend beroch die Stute indes das Fohlen am Rücken, am Schwanz, ermunterte es durch ein zartes Berühren mit ihren samtenen Lippen zum Trinken. Das Fohlen tastete ungläubig nach dem Euter und erfühlte es: Es war warm und prall, es klopfte! Da schnappte es entschlossen nach einer Zitze und begann gierig zu saugen. Es verschluckte sich, aber es konnte sich von ihm nicht mehr trennen. Es war dem Verdursten nahe gewesen. Sein Gaumen, seine Zunge, seine Kehle waren ausgetrocknet, sie hatten gebrannt. Nun hatte es die warme Eutermilch, die ihm so gefehlt und die ihm nichts hatte ersetzen können. Und es löschte Zitze für Zitze den Brand, der in ihm gebrannt und bereits begonnen hatte, seinen jungen, sich erst festigenden Körper Zelle für Zelle zu zerstören. Die Wollust war groß, und ebenso schwelgte die Stute in Wohlbehagen. Sie stand mit gespreizten Hinterbeinen, mit leicht angehobenem Schwanz und weit vorgestrecktem Hals. Hin und wieder kam ihr Kopf, vergrub das Maul in das schon vertrocknete Fell, schnupperte darin, und erfaßte dabei auch den Schwanz, der unter dem toten Fell hervorquoll und quicklebendig wedelte. Dabei war ein ununterbrochenes, leises, dumpfes Brummen zu hören, das die Stute wie eine Liebesgabe in unsichtbaren feinen Körnchen über das Fohlen zu streuen schien. Dann aber kam keine Milch mehr aus dem Euter. Es hing schlaff und leer herunter, ebenso beide Zitzen, nach welchen das Fohlen abwechselnd schnappte und an denen es herumzerrte. Auch sah man der Stute an, daß ihr Wohlbehagen, in dem sie gerade eben noch geschwelgt hatte, verschwunden war. Sie wurde unruhig, das Gebrumm, das aus ihrer Brust wie Quellwasser hervorgequollen war, versiegte. Dombuk, die gleich einer Zauberin das Geschehen beobachtet hatte, nahm ihren Gesang wieder auf:

*Gib deine weiße, weiße Milch, Mutter!*
*Frag deine Augen: Es ist deines*
*Frag deine Nase: Es ist deines*
*Ist dir doch aus deinem Leib geschlüpft*
*Gurrruj-gurrruj-gurrruj!*

Die Stute wieherte auf. Es war ein leises, gequältes Wiehern. Es war, als ob sie sagen wollte: Ich kann nichts dafür. Sie war ausgeschöpft, war machtlos. Das Fohlen gab auf, an den leeren Zitzen zu zerren, trat einen Schritt zurück, hob den Kopf und seufzte. Die Blaugraue stieß es mit dem Maul zärtlich in die Flanke und brummte dazu leise. Es war wie eine Entschuldigung. Dombuk ließ die Stute und das Fohlen von den Brüdern auf die Weide führen, ging selber hinterher und sang:

*Gib deine weiße, weiße Milch, Mutter!*
*Vernimm die Bitte der Mutter Erde*
*Vernimm das Flehen des Vater Himmels*
*Sie wachen, sie schauen und warten auf dich*
*Gurrruj-gurrruj-gurrruj!*

Die Sonne wirkte immer verschwommener, je höher sie stieg. Sie schien zu zerfließen. Ein Feuerschein ging von ihr aus und verbreitete sich nach und nach über den ganzen Himmel. Die Blumen hatten sich der Sonne entgegengestreckt, gleich winzigen verwandelten Splittern, winzigen überschwappenden Spritzern von ihr. Nun standen sie reglos, wie betäubt, und wer dem Gesumm der Berge, der Wälder und des Flusses lauschte, der meinte ein Stöhnen zu hören. Dies mußte von den Blumen kommen, die sich erst am Morgen so emsig hochgereckt, der Sonne so freudig dargeboten hatten, nun aber wie betäubt dastanden wie vor dem Untergang. Und von den Gräsern, die im Kampf mit dem Vieh, den kühlen Reifnächten, den immer noch hereinbrechenden Stürmen lebten und wuchsen. Und von den Wäldern, die immer noch bestanden. Und von den Steinen, die scheinbar sinn- und leblos herumlagen, in Wirklichkeit jedoch ein anstrengendes, dazu ein kunterbuntes Leben lebten. Alles, was lebte und scheinbar auch nicht, aber auf jeden Fall um das Dasein zu kämpfen hatte, von all dem mußte dieses Stöhnen ausgehen. Die Wärme hatte sich, wie allzu oft, auch in diesem Jahr verspätet, die Hitze jedoch war zu früh gekommen. Es war ein für Mensch und Tier und auch alle anderen Elemente zwischen Himmel und Erde unbegreiflicher Sprung.

Selbst Schuumur, der in der Jurte im Schatten saß, spürte die Hitze, die Schwüle. An einem anderen Tag wäre es für ihn das Selbstverständlichste gewesen, die Kinder herbeizurufen und ihnen zu sagen, sie sollten die Filzwände der Jurte hochkrempeln, damit ein Luftzug käme. Aber an diesem Tag empfand er Scheu davor, seinen väterlichen Willen den Kindern mitzuteilen. So mußte er selber aufstehen und hinausgehen. Und wie er hinaustrat, sah er Gulundshaa. Sie saß im Schatten ihrer Jurte und gerbte ein Fell. Sie hatte die Beine ausgestreckt und hielt das Schafsfell mit dem einen Zipfel zwischen den Füßen festgeklemmt, hielt es an einem anderen Zipfel und mit dem einen

Ende des Gerbstocks zusammen in der linken Hand, die rechte Hand lag über dem anderen Ende des Stocks. Sie arbeitete mit Hingabe, drückte mit ihrer Haltung, mit ihren Bewegungen Eile aus, in der sie, wie Schuumur dachte, mit ihren Gedanken sein mußte. Die Arme waren bis auf die Schultern frei, der dünne Lawschak, den sie trug, war zur Hälfte ausgezogen, und beide Ärmel waren über der Brust verschnürt. Auch ein Bein lugte bis zur Mitte des Oberschenkels nackt unter dem Fell hervor. Schuumurs Blick hatte sie zufällig getroffen und ließ sich nicht gleich wieder abwenden. So stand er für einen langen Augenblick da und kam sich dabei ungeheuerlich, eines Mannes unwürdig vor.

Als er über seinen Blick endlich Gewalt hatte, drehte er sich rasch um und warf beim Hereintreten den Türfilz heftig über die Jurte. Aus der Fassung geraten, mußte er erst überlegen, was er nun zu tun hatte. Gulundshaa hatte jugendlich unbekümmert ausgesehen. Obwohl im Schatten sitzend, hatten ihre Haare geglänzt, und im Schein des weißen Felles hatte ihr ebenmäßiges, immer noch mädchenhaftes Gesicht und ihr gerader, strammer Oberkörper mit dem geschwungenen, faltenlosen Hals und den runden, glatten Schultern gestrahlt. Auch die Art, in der sie schwungvoll und geschmeidig ihren Oberkörper erst nach vorne und gleich darauf, das Fell unter dem Gerbstock, nach hinten geworfen hatte, hatte ihre helle Haut in einem Goldschimmer erscheinen lassen. Dshajnaasch hingegen hatte eine andere, bläulich schimmernde Haut gehabt. Das mußte daher rühren, daß sie sich nie auszog. Es war ihm unerträglich gewesen, wenn sie sich eine Schulter oder ein Knie entblößte, der Anblick ihrer bleichen, fast glanzlosen Haut mit den geästelten blauen Äderchen hatte ihn immer erschreckt. Dshajnaasch war schüchtern gewesen, und ganz nackt hatte er sie nie gesehen.

Die Zeit schien zu stehen. Die Luft glühte und flimmerte, war dick und schwer. Sie klebte, lastete und breitete lähmende

Trägheit aus. Die Lerchen, die Zieselmäuse und die Heuschrecken waren verstummt. Selbst der Fluß lag still, gleich einer hingeworfenen Schärpe, ohne ein Rauschen. Allein Dombuks Gesang dauerte an. Er war wie eine Brise, die durch die Luft wehte und den müden, stummen Tag wachzuhalten suchte. Zu dem hellen, eindringlichen Gesang gesellte sich hin und wieder das dumpfe Gebrumm der Stute. Es war wie eine Aufmunterung für die Sängerin.

Das Mädchen stand unterhalb der Stute, des Fohlens und der Kinder, immer den einen Arm hinter dem Rücken und den anderen auf der Brust, dazu den Kopf im Nacken, in der Haltung einer Schamanin. Sie stand gerade und starr, den Blick fest auf die Stute gerichtet. Nur ab und zu hob sie den Blick und erfaßte den Bergrücken und den Himmel darüber. Von dorther, so kam ihr vor, kamen zu ihr die neuen Worte, die sich, bei ihr angekommen, in Strophen und mit dem Eintritt in ihre Kehle in Gesang verwandelten und dann den Lauschenden ans Gewissen gingen wie sanfte Peitschenschläge. Die Stute mähte mit ihrem mächtigen Gebiß gierig das Gras der sumpfigen Bergwiese, Büschel um Büschel, ließ dabei das Fohlen nicht aus den Augen, und ihr leises Schnauben zu dem wiederkehrenden dreifachen Gurrruj war Beweis dafür, daß sie dabei den Gesang im Ohr hatte. Das Fohlen schmiegte sich an die Stute und richtete dabei seine ungläubig verwirrten Augen bald auf sie und bald auf die übrige Welt. Es ging mit zaghaften Schritten vorwärts neben der Stute, die sich fressend am Strick bewegte. Die Jungen hockten in einiger Entfernung von den Tieren und steckten in einem kleinen Spiel, anscheinend hörten sie dabei dem Gesang der älteren Schwester zu, denn, richtete einer ein Wort an den anderen, so geschah dies lediglich im Flüsterton.

Gulundshaa war in Arbeitswut. Noch am Vormittag gerbte sie sieben Felle. Das war die erste Nachgerbung. Noch zwei- bis dreimal nachgegerbt, würden die Felle, die als brüchige Rohhäute zu ihr gebracht worden waren, Samt und Seide gleichen.

Die Felle gehörten einem kasachischen Baj. Die Kasachen hatten im allgemeinen keine Ahnung von der Gerbkunst. Man konnte sie, wenn man wollte, leicht betrügen. Aber bei Gulundshaa gab es das nicht, daß sie ihre Arbeit einmal gewissenhaft und ein anderes Mal weniger gewissenhaft verrichtete. Und das war unabhängig davon, ob man sie für ihre Arbeit entlohnte oder nicht. »Meine Hand soll Gutes tun für meinen Namen«, war der Gedanke, der ihren Kopf bewohnte und an dem sie ihr Leben lang festhielt.

Dann setzte sie den Kessel auf und machte Feuer, eine mühselige Arbeit bei der Hitze, aber es mußte sein. Denn die Sitte verlangte, daß man beim Zusammenkommen wie beim Abschiednehmen die Ailleute zu einem Tee einlud. So gab es jedes Mal eine feierliche Runde, eine geruhsame Stunde, deren Ziel es war, zur Freundschaft beizutragen. Gewiß, eine Feinheit der Sitte lautete, daß bei der Zusammenkunft immer die Altansässigen verpflichtet waren, die Ankommenden zuerst zu einem Begrüßungstee einzuladen, während bei einem Abschied das Vorrecht, eingeladen zu werden, denjenigen blieb, die zurückzubleiben hatten. Gulundshaa war eine Frau, die es liebte, in jedem Fall ihre Pflichten getan zu haben. Nun dachte sie, so wie der Ail aussah, zu dem sie gekommen war, erst recht nicht an ihr Gastrecht, an ihr Vorrecht, das ihr die Sitte zubilligte. So kochte sie nicht nur Tee, sondern buk auch noch Scharbing. Sie wollte das Ailvolk mit dem Höchsten bewirten, was ihr zur Verfügung stand. Dann ging sie zu den Kindern. Sie hatte sie die ganze Zeit im Auge und den Gesang im Ohr gehabt. Ja, obwohl sie emsig arbeitete, hatte sie das, was in der sumpfigen Mulde des Berghanges am Ailrand geschah, mitverfolgt und sich in Gedanken damit beschäftigt. Immer wieder war es ihr dabei vorgekommen, als ob Dombuks Gesang nicht nur der Stute und dem Fohlen gelten würde. Der Himmel und die Erde und alles, was diese einzeln und gemeinsam enthielten, konnten gemeint sein. Sie schlich auf nackten Sohlen an die Jungen heran. Diese, die dicht gedrängt beieinander hokkend ein der älteren Schwester ergebenes Bild abgaben und nebenbei ein heimliches Spielchen machten, blickten sie stumm, aber unmißverständlich hilfesuchend an. Bei diesem Blick wurde ihr erst klar, welche Macht Dombuk über die beiden hatte. Von der Erkenntnis wurde ihr auch bange: Was war, wenn das Mädchen, das sich offenbar erwachsen und mächtig fühlte, nun ihr Dazukommen als Einmischung und Störung empfand? Dombuk indes, die von der Ankunft Gulundshaas anscheinend nichts bemerkt hatte, bewahrte ihre Haltung und fuhr fort zu singen:

*Gib deine weiße, weiße Milch, Mutter!*
*Aus ihr kommt, aus ihr besteht das Leben,*
*Wo Kälte ist, da bist du Sonne,*
*Wo Hitze ist, da bist du Schatten,*
*Gurrruj-gurrruj-gurrruj!*

*Gib deine weiße, weiße Milch, Mutter!*
*Auch der Himmel kann verfehlen, ach ja!*
*Auch die Erde kann versagen, oh weh!*
*Da mußt du dich melden und helfen*
*Gurrruj-gurrruj-gurrruj!*

*Gib deine weiße, weiße Milch, Mutter!*
*Eine Göttin bist du, doch nicht,*
*Weil ein Beutel hängt an dir, Euter genannt,*
*Mußt zeigen dazu auch deine Seele,*
*Gurrruj-gurrruj-gurrruj!*

Mit Beklemmung dachte Gulundshaa, ob auch sie, die menschliche Mutter, nicht mitgemeint war. Nun war sie auf eine weitere Strophe eingestellt, in der sich das Kind mit seinem unkindlichen Singen noch an einen anderen wenden würde. Aber da zitterte und überschlug sich bei der Wiederholung die unermüdliche Stimme doch und verstummte. Dombuk ließ die Arme fallen, löste sich aus der Pose und blickte hilflos herüber. Ein Schatten huschte über ihr Gesicht. Gulundshaa vermochte es zu sehen. Obwohl das ohnehin dunkle Gesicht des Mädchens nun erhitzt, fast schwarz aussah, sah sie den Schatten. Und Dombuk stammelte verwirrt irgend etwas, was sie nicht verstehen konnte. Das machte die Frau noch verlegener. So errötete sie, ihre Stimme klang brüchig, als sie sprach: »Mein Kind, ich möchte euch allen, wie es die Sitte erfordert, einen Tee geben.«

Dombuks Gesicht erhellte sich, die schmalen Augen wurden für einen Augenblick fast rund, dann rannte sie los. »Liebe Awaj!« rief sie, noch während sie lief, und angekommen, zwitscherte sie: »Ich muß in Scham sterben! Schon gestern sind Sie mir zuvorgekommen mit Ihrem Tee! Und heute sollen wir schon wieder Ihren Tee trinken, ach, Himmel, dies, wo wir verpflichtet waren, Sie mit Tee zu empfangen!« Sie sprach es so schnell und so aufgeregt, daß die Frau, während sie ihr zuhörte, belustigt und von dummen Gedanken befreit, lächeln mußte. »Mein Zwitscherspatz!« sagte sie dann. »Laß das. Ich sehe doch, daß du alle Hände voll zu tun hast. Werde erst groß und hab eine eigene Jurte, ich werde deinen Tee trinken, soviel ich will, bestimmt. Nun aber ist mein Tee einmal gekocht, und du holst den Vater.« Gulundshaa war überrascht von sich selbst, daß sie das mit dem Vater so leicht aussprechen konnte. Jedoch blieb die Angst, ob jener sie nicht wieder oder vielleicht erst recht für aufdringlich halten könnte.

Schuumur kam. Nach außen wirkte er gelassen, nahm, ohne erst darum gebeten zu werden, dort Platz, wo es ihm zustand: im Dör. Er sprach von der Hitze, dem ausbleibenden Regen und der möglichen Dürre. Er sprach Fragen aus, die die Stute und das Fohlen betrafen, darauf ebenso die Kälber, die Lämmer und die Zicklein. Die Fragen waren an keinen bestimmten gerichtet, sie fielen in die Mitte, aber eine jede von ihnen wurde sofort aufgegriffen und beantwortet, manche auch von Gulundshaa.

Er nahm die Schale mit dem dampfheißen Milchtee einhändig, aber mit betontem Entgegenkommen, trank ihn laut und schlürfend und nach jedem Schluck einen dumpfen Ächzton ausstoßend, der von einem innerlichen Genuß zeugen mochte. Dabei brach er sich hin und wieder von dem Scharbing handtellergroße Stücke ab, belegte sie mit frischem Milchrahm, steckte sie mit gemächlicher Bewegung in den Mund und kaute bedächtig.

Auch Dombuk zeigte sich betont selbstsicher, entwickelte aus jeder Belanglosigkeit, die an diesem Vormittag vorgefallen war, eine kleine Geschichte, die anderen unbedingt mitgeteilt werden mußte. Dabei trank sie den Tee wie eine erwachsene Frau, heiß und in kleinen, heftigen Schlucken. Sie aß fast nichts.

Die beiden Jungen hingegen aßen fleißig. Über dem Tee in ihren Schalen hatte sich eine dünne, gelbe Haut gebildet. Daran, daß sie den Tee in ihren Schalen fast vergaßen, konnte man sehen, wie gut ihnen der Scharbing schmeckte. Sie wurden dabei von der Hausherrin ermuntert, aber auch ermahnt, ihren Tee zu trinken, da sie bestimmt durstig wären bei der Hitze.

Mit Gulundshaa war eine Veränderung geschehen: Sie hatte die Sicherheit verloren, so plötzlich, wie sie sie gefunden hatte. Sie war nun über und über verlegen. Hastig schenkte sie Tee ein, türmte auf einen Teller dieses und jenes auf, was sie an Eßbarem fand. Zum Schluß stellte sie auch die Messingschüssel mit den unglückseligen Fleischstücken vom Vorabend hin. Während sie dies alles tat, ging sie auf alle aufgeworfenen Fragen und Bemerkungen ein, in allem war sie bejahend. Drinnen ballten sich Hitze und Rauch, die die Jurte nur langsam verließen. Schweiß glänzte auf allen Gesichtern, und allein schon dies ergab ein unerschöpfliches Gespräch. Gulundshaa beschimpfte sich in diesem Zusammenhang als ungelenk und dumm, da sie, um ein paar Scharbingstücke zu backen, die Jurte verräuchert und die Ailleute wegen einer Schale Tee zu einer ungelegenen Stunde so gequält hatte.

Dieser Eigentadel Gulundshaas war echt. Der Anblick der schwitzenden Menschen um den immer noch glühenden Herd hatte sie tatsächlich auf den Gedanken gebracht, sie hätte für den Tee eine andere Stunde aussuchen sollen. Die Gelassenheit und Ruhe, die Schuumur ausstrahlte, waren dagegen gespielt. Den würzigen Tee aus der Hand einer Hausfrau schlürfend und den mit Rahm belegten Scharbing kauend, hatte er gegen jemanden zu kämpfen, der mit jedem neuen Schluck und Bissen immer dreister wurde. Schuumur kannte diesen und nannte ihn den Teufel. Zum ersten Mal war ihm der Teufel entgegengetreten, als sein erstes Kind gestorben war. Schuumur war vor ihm machtlos gewesen, und so hatte er ihm diesen Namen zugedacht. Dann war er für lange Zeit wie ausgetrieben und verscheucht. Das dauerte so lange, bis Schuumurs kleines, stilles Eheglück mit Dshajnaasch, dem der Verlust des Kindes wie Salz in passender Menge bekam, wieder ins Schwanken kam. Da war wieder die Geschichte mit Gulundshaa. Schon war der Teufel zur Stelle, wich nicht, war weder zu überlisten noch zu vertreiben. Oft war ihm Schuumur tage- und nächtelang ausgeliefert. Nun war er wieder da. Er hatte sich in dem Augenblick gemeldet, als Schuumur Gulundshaas ansichtig wurde, wie sie mit dem Gerbstock dasaß. »Worin beschuldigst du denn die Frau?« hatte der bei ihm leise angeklopft. Der Teufel hatte mit Schuumurs Hirn gedacht, mit seiner Zunge gesprochen. Er war leise, aber listig. Denn er ließ von ihm nicht ab und wußte wohl, daß er ihn so ermüden, ermatten und umbringen konnte. Nun war er inzwischen ganz frech geworden und sagte: »Sie ist unschuldig!« »Vielleicht«, versuchte sich Schuumur vorsichtig zu wehren und setzte gereizt hinzu:

»Aber schamlos ist sie. Eine Frau und so viel Tollheit, einem Mann so dicht ans Fell zu kriechen!« »Du Witwer mit deinem Jammerwesen und deinen Waisenkindern fällst auf im Leben wie ein Loch im Kleid, das gestopft werden muß. Sie will dir helfen.« »Wer weiß das so genau? Vielleicht will sie mehr ...« »Und wenn schon! Sie ist allein, steht einsam inmitten dieses endlos großen Lebens. Auch du bist doch einsam trotz deiner Kinder, oder?« »Ja, gewiß, manchmal sehr einsam.« »Na siehst du! Wenn sich nun zwei Einsame aneinander wärmen, was ist daran verkehrt?« »Nein, nein! Mit mir nicht! Die Erinnerung an Dshajnaasch ist mir heilig. Ich will sie nicht besudeln!«

»Vor Dshajnaasch kannst du dich nicht noch schuldiger machen. Einen Menschen soll man nur zu seiner Lebzeit achten und lieben. Was dann geschieht, ist bestenfalls ein süßer Selbstbetrug. Laß Dshajnaasch aus dem Spiel, denn für sie ist schon nichts mehr zu erreichen. Spucke in den Chomdu oder blase in einen Orkan, das hat eher einen Sinn!«

So tobte der Streit in Schuumur. Aber er zeigte sich eben ruhig nach außen. Und um sein Spiel glaubwürdiger zu machen, beschloß er, ein guter Gast zu sein. So schnitt er sich nun von dem Fleisch handtellergroße, hautdünne Scheiben ab, rollte sie zusammen mit den Fingern der rechten Hand und warf sie mit geübter Bewegung in den Mund. Währenddessen blieb das Messer in der Hand, zwischen dem kleinen und dem Ringfinger eingeklemmt. Und diese gekonnte Handhabung des Messers, die sich ältere Männer erlaubten, verlieh dem Essen eine zusätzliche Feierlichkeit. Das Fleisch war weichgekocht, abgestanden und erkaltet. Schuumur begriff, wann es zubereitet und wem es zugedacht war. Das lieferte dem Streit in ihm weitere Nahrung. Der Milchtee in der bauchigen Messingkanne war bis auf einen Rest ausgetrunken, Teller und Schüsseln waren halbleer gegessen. Ein jeder war gesättigt und, da inzwischen der Herd erkaltet war, von der anfänglichen Hitze befreit.

Dombuk hieß die Brüder die Teeschalen einsammeln, um sie draußen abzuwaschen, was auf eine kleine Widerrede der Hausherrin stieß, von den Gästen jedoch überhört wurde. Die Jungen schickten sich an, den Befehl der älteren Schwester flink auszuführen. Aber kaum waren sie aus der Jurte, kamen sie zurückgerannt, sie steckten die Köpfe in die Jurte und berichteten beide gleichzeitig: »Das Fohlen, das Fohlen, es trinkt!« Alle fuhren auf und hasteten zur Tür. Dombuk, die als erste draußen war, streckte die Arme nach hinten aus und hielt den Hinaustretenden die Handflächen entgegen, als Zeichen, leise zu sein. Die starr ausgestreckten Arme mit den gespreizten Fingern und den seltsam hellgewordenen Handflächen erinnerten an Flügel, die etwas zu beschützen hatten.

Obwohl man das Gesicht Dombuks nicht sehen konnte, wußte man, es war angespannt, die Augenbrauen waren zusammengezogen und die Lippen zusammengepreßt. Das Kind, von dem Willen durchdrungen, mit dem Leben einherzugehen und ihm ab und zu in die Seite zu stoßen für Tritte, die einem nicht behagten, hatte sich aus der Hülle gerissen, in welcher sie soeben noch gesteckt hatte. Nun war es sichtbar geworden. Sie riß ruckartig die Arme hoch, während sie auch den Kopf zurückwarf, und gleich darauf erklang hell und voll ihre Stimme:

*Churaj-churaj-churaj!*
*Großen, großen Dank dir, ej, Vater Himmel*
*Großen, großen Dank dir, aj, Mutter Erde*
*Hört und seht dies und freut euch mit uns Menschen*
*Aus zwei Hälften ist ein Ganzes geworden,*
*Churaj-churaj-churaj!*

Dongur und Tasaj standen noch zitternd vor Aufregung, die sie soeben überkommen hatte, abseits der Jurte, wie für sich allein, in einiger Entfernung von ihnen die randvoll mit Wasser gefüllten Trinkschalen in einem spielerischen Kreis. So hatten die Kinder die Spiel verheißende Arbeit unterbrochen und folgten nun dem, was die ältere Schwester darbot. Gulundshaa stand leicht gebückt, die Arme vor der Brust gekreuzt, vor ihrer Jurte. Sie war mit einem leichten Lächeln auf dem Gesicht hinausgetreten, das von dem aufgeregten Gehabe der Kinder herrühren mochte. Nun war das Lächeln gewichen und das Gesicht wieder glatt. Hinter ihr stand Schuumur, das linke Bein vorgezogen, wie mitten im Schritt erstarrt. Man sah ihm an, daß die Gelassenheit, in welche er sich gehüllt hatte, verflogen war. Sein Blick war unruhig geworden, er ging von einem zum anderen. Die Stute stand behaglich: die Beine gespreizt und den Hals ausgestreckt, hin und wieder drehte sich der Kopf nach dem Fohlen, sie beschnupperte das Fell des anderen Fohlens, denn nun waren beide Felle durch den Geruch der Stute verwachsen. Dabei mußte sie wohl ununterbrochen schnauben, nur konnte man sie nicht hören, da die Entfernung beträchtlich war. Die Stute hatte das Fohlen angenommen, und das Fohlen hatte die Angst vor der Stute überwunden. Dombuks Gesang hätte nun verspätet, überflüssig, ja, widersinnig erscheinen können, doch sie begann aufs neue:

*Churaj-churaj-churaj!*
*Wißt, Vater Himmel und Mutter Erde,*
*Wißt, Winde, Wolken, Berge, Fluß und Täler,*
*Ihr Brüder und Schwestern in Freud und Leid:*
*So manches Glück ist immer noch entzweit,*
*Churaj-churaj-churaj!*

Ihre Stimme war wieder hell und eindringlich. Die hohen, trillernden Töne, die Zug um Zug hervorquollen, glichen Pfeilen, die die dicke, erhitzte Luft durchstießen und Gänge in das feine kühle Blau bahnten. Denn aus dem Gesang schien eine Brise zu wehen, und diese Brise konnte jenes Etwas sein, das in den Strahlen der Sonne, in den Lüften des Himmels, im Strom des Flusses, im Wiegen der Wälder, im Wachsen der Wiesen, der Gräser und Blumen, im Zusammenhalten der Berge, Felsen und Ufer, der Erde, im Wesen der Natur miteinwohnen mußte, ohne das es nicht bestehen würde. Das konnte der gesunde, beruhigende Atem des Alls sein. Es konnte aber auch etwas ganz anderes, nämlich der Wille sein, der in einem jeden Menschen schlummert und der unter bestimmten Umständen erwacht, hinausschießt und in einen anderen Zustand übergeht, ähnlich wie Wasser zu Dampf oder wie Holz zur Flamme, und andere trifft.

Der Frühsommer war vorüber. Er hatte sein Werk beendet, hatte seine Spuren zurückgelassen. Und in diesen verliefen neue Geschehnisse, erweiterten, vertieften und führten sie weiter. Der Hochsommer war da. Er herrschte stürmisch und gewaltig, schien unberechenbar. Gewitter und Hitze lösten einander rasch ab, bestimmten den Lauf der Tage und der Nächte. Die Welt und das Leben darauf wirkten wie vor einem neuen Anfang.

Dombuk erwachte an dem Tag zeitiger als sonst. Das kam von einem Alptraum, der sie gestaltlos, gleich einer schwarzen Wolke umhüllte. Sie hatte lange gegen ihn zu kämpfen. Nun war es ihr gelungen, zu erwachen und sich von der unbestimmten, schweren Bürde zu befreien, unter der sie leiden mußte. Es war noch finster in der Jurte. Nur durch die Rauchöffnung drang ein Schimmer herein, in dem noch kein Gelb zu erkennen war. Aufatmend, gegen das heftige Klopfen ihres Herzens kämpfend, dachte Dombuk daran, daß sie recht behalten hatte. Denn am Abend hatte der Vater gemeint, es würde in der Nacht regnen. Doch Dombuk hatte es verneint und darauf bestanden, die Rauchöffnung offen zu lassen. Sie hatte etwas dagegen, den Dachfilz zuzuziehen. Noch am Vortag war es ihr passiert, daß sie bei zugezogenem Dachfilz verschlief. Als älteste der Geschwister, als Verwalterin des Haushaltes, konnte sie sich nun einmal nicht leisten, bis zum Sonnenaufgang zu schlafen. So hatte sie sich auferlegt, in einer Wette mit der Sonne zu leben. Nun war sie zufrieden. Es tat nichts, daß der Schlaf noch schwer auf ihre Lider drückte. Sie würde ihn wie einen Lumpen von sich abwerfen, dem neuen Tag entgegentreten und zeigen, daß sie Siegerin war in jener Wette, von der kein Mensch etwas wußte, wohl aber auch nicht zu wissen brauchte. Diese Gewißheit erfüllte sie mit Freude, und das schmerzende Herzklopfen verwandelte sich in ein beflügelndes. So fiel ihr das Aufstehen leichter. Doch da bemerkte sie, daß das Bett des Vaters leer stand. Von dieser Kenntnis wurde ihr schwindelig. Vielleicht, tröstete sie sich in Gedanken, ist er auf die Jagd geritten. Hastig tastete sie entlang der Gitterwand der Jurte nach dem Gewehr und fand es. Sie hatte gehofft, sie hatte gewollt, das Gewehr wäre nicht mehr da, aber es war da! Sie zog die Hand zurück, blieb in der Finsternis stehen, sie sah und hörte nichts, wurde von einer großen Betäubung umhüllt wie vorhin im Schlaf von dem Alptraum. Also, kehrte der Gedanke inmitten der Betäubung zu ihr zurück und nahm seinen Lauf, ist er da, ist ... Doch es gelang ihr noch, den Gedanken zu unterdrücken. Sie tat dies, indem sie hinausrannte.

Nur der Horizont zeichnete sich deutlich ab, im Tal war noch Nacht. Selbst das Vieh in der Hürde war schwer zu erkennen. Dombuk stand, gekrümmt vor Schmerzen, und blickte dorthin, wo die fremde Jurte stehen mußte, konnte sie nach einer Weile auch ausmachen. In der Finsternis, in die sich das Grau Hauch um Hauch hineinschob, wirkte die Jurte verschwommen, schien zu beben und zu zittern. Die Schmerzen verwandelten sich mit einem Mal in Schwermut, die sie gleich einer körperlichen Gewalt überkam. Es wäre ihr lieber gewesen, wenn anstelle dieser Schwermut Wut, ja Haß gewesen wäre. Sie beschloß, zum Fluß zu gehen. Dem Flußwasser schrieb man seit altersher Wunderkraft zu, da es das Blut und gleichzeitig die Milch des Altai war. Wer hatte nicht von der großen Ökpesch, der wundersamen Urschamanin gehört? Die Weise ihrer Gesänge waren dem Fluß der Mutter Chomdu angepaßt, und ihr Schamanenwesen war auch sonst mit dem fließenden Wasser verbunden.

Das Mädchen Dombuk dachte jetzt an jene ruhmreiche Frau, war bereit, ihr zu folgen, gleich, was mit ihr selber auch geschehen mochte. Man erzählte, auch Ökpesch wäre ein Waisenkind gewesen. Doch Dombuk war gezwungen, ein Leben zu leben, dem der praktische Sinn nirgends fehlen durfte, und so dachte sie auch jetzt daran, die Wassereimer mitnehmen zu müssen.

Der Chomdu polterte das Tal hinab, er war hellwach und in mitreißender Eile. Über ihm schimmerte eine blasse Schicht. Es konnte die Spur vom Vortag sein, oder aber die Botschaft vom neuen Tag. Gab es eine Möglichkeit zu erahnen, was jener Tag dagelassen hatte und dieser mit sich bringen würde? Dombuk starrte sinnend auf den Fluß, der in dieser stillen Stunde aller Dinge und Wesen allein an seinem ewigen Werk unverdrossen weiterarbeitete und darum wohl besonders laut wirkte. Unter all deinen Geschwistern kennst allein du keine Ruhe und bist am mächtigsten, blitzte es im Kopf des Menschenkindes, und diesem schloß sich der Gedanke darüber an, daß Ökpesch, die große Heilige in Gestalt eines armen Waisenmädchens, nicht umsonst den Fluß, diesen Chomdu-Fluß, geehrt haben mußte. Jene hatte nicht wie andere Schamanen nach ihrem Tod auf eine Lärche gelegt, samt dem Baum verbrannt und den Winden überlassen werden wollen. Man hatte sie zuerst ins Flußwasser getaucht, dann auf dem Ufer im Wacholderfeuer verbrannt und zum Schluß ihre Asche an einhundertacht Stellen in den Mutterfluß gestreut. Es hieß, dieses wäre auf ihren eigenen Wunsch hin so geschehen.

Während Dombuk an diese überlieferte Geschichte dachte, erwachte in ihr die Lust, in das Wasser zu steigen und den Fluß, den klopfenden Puls des Altai, am Leib zu spüren. So zog sie sich aus, es bereitete ihr Vergnügen, das Ungewöhnliche, für jedermann das Selbstuntersagte zu tun, indem sie nicht nur den Lawschak, sondern auch die langbeinige Hose fallen ließ und darauf das langärmelige Hemd über den Kopf streifte. So stand sie splitternackt auf der Uferwiese und lächelte. Die Erwartung, in den nächtlichen Fluß zu tauchen, stimmte sie fröhlich. Es war das erste Mal, daß sie sich so viel Freiheit erlaubte. Sonst hatte sie es immer in der Abenddämmerung getan. Sie hatte sich ein Versteck hinter den Bäumen gesucht, sich hastig und ängstlich ausgezogen und flüchtig gewaschen. Dabei war sie sich wie eine Diebin vorgekommen und hatte jedesmal Furcht durchgestanden bei dem Gedanken, sie könne von anderen gesehen werden. Die Schamhaftigkeit hatte bei ihr besonders früh begonnen. Zuerst wirkte das Wasser frisch. Sie stieß ein kurzes, heftiges »Ah« aus, als sie sich in das strömende Wasser setzte. Das Kältegefühl verging schnell. Dafür blieb die Strömung, es war, als ob ihr Leib, der plötzlich in einem neuen Raum und Zustand, in der Freiheit war, ohne Unterlaß von Hunderten lieblicher Lippen gestreichelt und geküßt würde. Ab und zu spürte sie ein Anschwellen der Strömung, da lösten sich ihre Fußsohlen vom Grund und ihr wurde bewußt, daß der Fluß sie davonschwemmen könnte. Doch wurde ihr deswegen nicht bange, der Weg in den Tod kam ihr nah, begreiflich und nicht so schrecklich vor. Alles bleibt, nichts geht, noch vergeht etwas, es ist nur eine Verwandlung, dachte sie wie nebenbei. Da wurde ihr leicht ums Herz und feierlich im Gemüt. Sie bekam Lust zu singen und so das angenehme Lebensgefühl, das ihren Körper jetzt erfüllte, auch auf andere zu übertragen. Es sollte ein Lobgesang auf alles und alle sein: auf den Himmel, die Berge, Wälder, Flüsse und Steppen des Altai, das wachsende Gras, die Hitze und die Gewitter, auf die blaugraue Stute, die das fremde Fohlen angenommen, auf den Vater, der ihr und ihren Geschwistern Gestalt und Leben geschenkt und sie alle bis auf den heutigen Tag ernährt hatte, selbst auf Gulundshaa, die nicht nur vor dem Glück anderer Leute, sondern auch vor ihrem Leid keinen Halt gemacht hatte, ja, selbst auf den Tod, der nicht mehr so schrecklich schien, nicht imstande war, Leben zunichte zu machen. Inmitten solcher Gedanken bemerkte sie den Morgen, der vom östlichen Himmel über Berg und Wald glänzend hereinbrach. Sie mußte das strömende Wasser verlassen, mußte zurückkehren zu ihrer Hülle, zu ihrer Kleidung. Aber die Aufregung, die in Gestalt der Ruhe zu ihr gekommen war, blieb. So schwankte sie, als sie wieder angezogen auf der Uferwiese stand. Dabei spürte sie brennende immer heftigere Schmerzen in der Kreuzgegend und auch das Bedürfnis zu gähnen. Dann gab sie dem Bedürfnis nach und gähnte. Es war ein ausgiebiges Gähnen, das einen langgezogenen hohen Heulton erzeugte. Doch das Bedürfnis blieb, eigentlich steigerte es sich noch mehr. So gähnte und gähnte sie, in immer kürzeren Abständen, bis sie es gewaltsam unterbrechen mußte, indem sie einen Gesang anstimmte: *churaj-churaj-churaj!* Es klang nicht sehr laut, dafür feierlich und zittrig von der Aufregung, die sich erst legen mußte.

*So kommt denn doch, ihr Geschwister*
*Und nehmt mich an der Hand und führt*
*Auf hellen und dunklen Pfaden*
*Zu allen Winkeln der Zeiten!*

Das war auf eine andere, stürmischere, am Ende jeder Zeile abfallende Weise gesungen. Sie war von dem Schamanen Awyytsch, der in der Wirrnis der Zeiten einen frühen und schweren Tod hatte sterben müssen. Und dieser hatte die Weise von seiner Lehrerin Omasch übernommen. Auf welche Weise die Ökpesch gesungen hatte, wußte niemand mehr. Sie war eine mächtige Schamanin gewesen. Selbst die Namhaften hatten sich gefürchtet, ihre Weise nachzuahmen, da sonst ihre Geister hätten erscheinen und man mit ihnen nicht hätte fertigwerden können. Doch alle angehenden Schamanen wandten sich an sie, laut und namentlich.

*Churaj-churaj-churaj!*
*Kommt, ihr Brüder, kommt, ihr Schwestern,*
*Komm allen voran du, Ökpesch,*
*Hier bin ich bereit zu folgen*
*Euch durch einundachtzig Höllen!*

Also nannte auch diese hier die längst dahingegangene Frau, die, sollte die Überlieferung stimmen, jung und jungfräulich geblieben war. Also wollte auch diese hier eine Schamanin werden? Warum auch nicht?! Der erste Mensch, der seine Umwelt als Ganzes wahrgenommen und die große in ihr wohnende Kraft erkannt hatte, war ein Schamane, der Urschamane. Und jeder, der sich als Splitter, und zwar als einen verwandelten, aber früher oder später zurückverwandelbaren Splitter dessen begriff, was ihn umgab, war ein Schamane. Dies Erkennen des Ganzen war wesentlich. Alles andere war wertlos, war bloßes Getue, die Hülle, die später hinzugekommen war, bestenfalls Vervollkommnung, eher aber Betrug.

*Churaj-churaj-churaj!*
*Kommt, kommt, ihr Geister der Ahnen*
*Kommt und drängt euch ein in meine*
*Einhundertacht Gebeine, ah,*
*Und brennt dort als Feuer, als Blitz!*

Während Dombuk sang, schritt sie mit wiegendem Körper auf und ab, stemmte den linken Arm starr in die Hüfte und ließ den rechten lose hin- und herschlängeln. Die Aufregung hatte sich gelegt, und die Stimme klang um einen Ton tiefer, wie sie gestern noch nicht gewesen war, voll und weich. Die Luft, die rot-gelb flimmerte und zu sieden schien, wurde still und durchsichtig. Die Dämmerstunde war zu Ende. Die Pferde, die in dem Kessel unterhalb des steilen Hanges übernachtet und unter dem Dämmerschein des nahenden Tages in der Nähe der

Menschen den Schlaf beendet hatten, kamen in Bewegung. Unter ihnen war die blaugraue Stute. Sie richtete sich auf, reckte sich und schnaubte leise, worauf das hellbraune Fohlen, das immer noch geschlafen hatte, erwachte. Es erhob sich zuerst auf die Vorderbeine, blieb eine Zeitlang in dieser Haltung, als müsse es gegen den Schlaf kämpfen. Das Fohlen hatte das fremde Fell abgestreift. Jenes, das einem anderen gehört hatte, war dunkel gewesen und war dann schnell getrocknet. Es war inzwischen weichgegerbt von der tüchtigen Dombuk, lag auf der linken Seite der Schuumurjurte und diente als Matte.

*Churaj-churaj-churaj!*
*Kommt, ihr Geister, und steht mir bei*
*Seid der Blinden Auge, der Tauben Ohr …*

In diesem Augenblick trat Schuumur aus Gulundshaas Jurte. Dombuk sah ihn sofort, denn sie hatte die Jurte bewacht, hatte ihren Blick auf den Örege, den hellschimmernden viereckigen Türfilz, wie auf eine Zielscheibe gerichtet gehabt. Der Mann ging um die Jurte herum, zog den Örege zurück. Dombuk krümmte sich wie eine, die ein Schuß in den Bauch getroffen hatte. Darauf drehte sie sich um. Und wie sie nach einer Weile genauer hinblickte, kam es ihr vor, als hätten sich auch der Fluß und die Berge dahinter mit dem Himmel darüber umgedreht. Dombuk versuchte sich zu erinnern, ob der Vater der Mutter morgens irgendwann einmal den Örege zurückgezogen hatte. Doch ihr fiel kein Fall ein. Das Bedürfnis zu Singen schien gestillt, sie spürte nur Müdigkeit. Dann nahm sie die Eimer mit dem Wasser und ging zurück. Sie kam dicht an den Pferden vorbei. Diese hatten inzwischen den Hang erklettert, bewegten sich grasend auf den Ail zu. Die blaugraue Stute und das hellbraune Hengstfohlen befanden sich am Rand. Die Stute ging in einer Dreifußfessel und war gierig am Fressen. Das Fohlen war kräftiger geworden, hatte einen runden Bauch bekommen, und von seinem Fell ging ein Schimmer aus, der zu knistern schien. Gulundshaa trat aus ihrer Jurte und ging austreten. Sie ging an Schuumur vorbei, der gerade zurückkehrte. Die beiden verlangsamten ihren Schritt, ja, sie blieben für einen kleinen Augenblick stehen, als sie aneinander vorbeikamen. Da ein jeder einen Lawschak umhängen hatte, konnte Dombuk nicht sehen, ob sich ihre Hände dabei berührten. Sie nahm es aber an und dachte entrüstet: Sehen sie mich denn nicht?! Kurzentschlossen stellte sie die Eimer ab, trat zu der Stute. Diese hob den Kopf und blickte ihr, wie es schien, verständnislos entgegen. Das Fohlen ging ihr mit einem Sprung, der Panik wie Übermut enthielt, aus dem Weg. Dombuk faßte die Stute am Hals, zerrte sie zu sich heran, legte den Kopf mit dem Gesicht auf die Mähne und brach in Schluchzen aus. Aber es dauerte nicht lange, denn sie spürte, daß die Stute ungeduldig wurde. Das Mädchen hob den Kopf, ließ das Tier los. Die Stute hastete stolpernd davon, denn das Fohlen war mit den anderen Pferden ein Stück weitergegangen. Dombuk begriff, daß sie jetzt ihren Gesang nicht mehr brauchte. Doch darauf stimmte sie wie zum Trotz an: *Der Pfeil, einmal abgeschossen, kehrt nimmer zurück, oh weh-weh!* Dies war laut geflüstert, die Stimme brüchig, tonlos, und ihr war, als sei damit die unterbrochene, halbfertige Strophe zu Ende geführt, eine Pflicht erfüllt.

Was ist aus den Menschen unserer Erzählung geworden? Aus Dombuk vor allem? Ist sie eine Sängerin geworden, oder gar eine Schamanin? Da nicht die Phantasie, sondern das Leben das Gerüst für meine Geschichte geliefert hat, kann ich auf diese und weitere Fragen Antwort geben:

Schuumur und Gulundshaa lebten unter einem Dach. Sie hatten eine mehr helle als dunkle Jurte, an und in der nichts ins Auge fiel, was ihr gefehlt hätte oder überflüssig gewesen wäre. Die Herden gediehen, die Pferde und die Ziegen. Bei den einen wie bei den anderen blieben die Stammfarben erhalten. So waren ihre Herden leicht zu erkennen. Unter den Nachkommen der blaugrauen Stute waren zwei, die den Namen des alternden Schuumur wieder laut werden ließen. Sie gewannen einige kleine und große Wettrennen. Der letztere von den beiden, ein Wallach, der mit zehn Jahren immer noch eisenblau wirkte, wenn er im Schweiß ging, hätte sich sogar in ein Motorrad verwandeln können. Jemand machte nämlich dem Schuumursohn, der mit dem Wallach hintereinander neun Kys-Kuar-Rennen gewann, das Angebot, das Pferd gegen ein Motorrad zu tauschen, das er besaß. Der Schuumursohn sagte darauf höflich: »Das Motorrad, das Sie haben, ist bestimmt teuer. Ich will es Ihnen nicht wegnehmen. Und Sie lassen mir mein Pferd, bitte!«

Später aber ging das ruhmreiche Pferd doch an einen anderen, sein Besitzer bot es von sich aus jemandem an und wollte nichts dafür haben, im Gegenteil, er wollte noch etwas zulegen, einen Kochkessel nämlich. Es war der gußeiserne, viergriffige Herdkessel, den Schuumur seinerzeit bei einem fremdländischen Händler gegen vierzig rohe Murmeltierfelle getauscht hatte. Der Wallach, nun ein ziegenweißer Schimmel, sollte den Sommer und Herbst über ausruhen und dann geschlachtet, und sein Fleisch in dem Kessel gekocht werden. Das war die Bedingung, die der neue Besitzer zu erfüllen hatte.

Der Schuumursohn wollte auswandern, denn die große Bewegung hatte schon begonnen, die den Altai erschütterte und die bis auf den heutigen Tag andauert. Der Vertrag, dem man zugestimmt hatte, war um einige Monate zu früh in Kraft getreten, und so mußte man losziehen. Vorher aber galt es, alles zu verkaufen und in Geld umzusetzen. So bot man sein Hab und Gut, sein Vieh den Zurückbleibenden an, je mehr die Zeit einen drängte, desto niedriger wurden die Preise: Auswandererschicksal! Aber dem Schuumursohn ging es, was das Pferd betraf, nicht ums Geld, es ging darum, daß das geliebte Pferd, wie die Sitte es erforderte, den eigenen Kessel anfettete, wie es hieß und auch wörtlich zu verstehen war. Jener, dem der Schuumursohn das Angebot gemacht hatte, war ein verständiger, feinfühliger Mensch. Er versprach, dem Pferd alle Ehren zu erweisen, er fragte sogar danach, auf welchen Felsen der Schädel kommen sollte.

Der Schuumursohn war davon gerührt, so sagte er: »Ach, das ist ja gut von euch, Aga. Nun weiß ich, daß ich beruhigt wegfahren kann. Also hört, damit Ihr es wißt: Mein Vater erzählte, unter dem Gysyl-Chaja in Saryg-Sigen, auf der Schneedüne habe das Fohlen das Licht der Welt erblickt, und er habe ihm dabei das Maul vom Schleim gesäubert. Aber Saryg-Sigen ist weit von Eurem Winterlager, und auch sonst kommt heutzutage selten einer dorthin. So wird es genügen, wenn Ihr den Schädel auf einen in Eurer Nähe gelegenen Felsen bringt, auch so werde ich Euch ewig dankbar sein!« »Nein, nein«, widersprach ihm der Mann, »der Schädel wird auf den Gysyl-Chaja kommen!« Die Dankbarkeit und die Beruhigung, die der

Schuumursohn empfand, waren echt. Die Ausreise war ihm von diesem Moment an nur halb so schlimm.

Aber ich bin etwas vorausgeeilt. Vorher waren die Jahre des neuen Glücks, dann der Tod, der nicht ausblieb, das Ende. Die Ehe erlangte durch die Geburt eines Kindes ihre Gültigkeit. Jenes späte Kind, jene Frucht eines verspäteten Glücks, bedeutete nicht weniger als das, was in späteren Zeiten durch ein Stück Papier, den Ehevertrag mit diversen Unterschriften und Stempelabdrücken besiegelt wurde. Es war ein Mädchen, es hätte zumindest dem Aus- und damit auch dem Ansehen des Tuwinerstammes einige Körnchen beitragen können, denn es war geradegewachsen und hatte ein auffallend schönes Gesicht. Aber es kam nicht zum Erblühen, sondern starb mit kaum zehn Jahren. Schuumur schien sich von dem Verlust nicht wieder erholen zu können. Er hatte an dem Kind gehangen. Nun alterte er schnell, kränkelte und starb schließlich. Als man die Jurte an der nordöstlichen Seite hochhob und unter dem knarrenden Scherengitter den schweren Leinensack mit dem gekrümmten, erst halb erstarrten Körper des Mannes hindurchschob, jammerte die Frau unter strömenden Tränen laut wie ein Kind. Die Schuumurkinder standen auch dabei und vergossen Tränen, aber sie weinten still, wie es sich geziemte. Gulundshaa hatte immer noch dichtes, pechschwarzes Haar, in allem an ihr wohnte immer noch ein Rest Jugendlichkeit. Auch verbrachte sie die Jahre, die ihr noch blieben, ohne jeglichen Vorfall. Sie gab keinem Anlaß, ihr Schlechtes nachzureden. Sie war für die Schuumurkinder nicht weniger Mutter als für ihren Sohn. Keiner konnte ihr nachsagen, sie wäre eine Stiefmutter. Als sie starb, weinten die drei Schuumurkinder und einige Enkelkinder dicke, helle Tränen. Es war eine andere Zeit, und sie kam in eine Kiste, so lang und so breit, wie ihr Körper war. Die Kiste wurde Sarg genannt, und, obwohl ihm noch jeder Schmuck fehlte, schuf er bei den Zurückbleibenden die Gewißheit, daß der Mensch nicht direkt in die Erde kam, und einen kleinen Trost. So kam einem die Ehre, die man einem Toten erwies, auch bedeutend vor. Denn das Land hatte wie alle Länder seine Obrigkeit gehabt, Fürsten, Reiche und Schamanen. Aber keiner war je in eine Kiste und mit ihr in die Erde gekommen, für die Ewigkeit, wie es da hieß. So sprach ein Teil der Zuschauer des Begräbnisses der Gulundshaa davon, daß sie doch eine glückliche Frau wäre. Die anderen aber waren entsetzt darüber, nannten die neue Bestattungssitte ein Gefängnis, eine Verbannung der Seele in alle Ewigkeit.

Ich sprach soeben von drei Schuumurkindern, nicht von vieren. Es war Dombuk, die schon fehlte. Sie wollte Schamanin werden, gedieh aber nicht. Sie hatte sich verspätet. Die Zeit, die hereingebrochen und von nichts zurückzudrängen war, hatte keinen Platz für jene, die zu spät erschienen. So warf sie auch das eigensinnige Kind, das seinen Willen um jeden Preis durchsetzen wollte, um und fuhr darüber hinweg. Dombuk blieb unverheiratet. Hatten sich die Männer noch vor einigen Jahren nach einer angehenden Schamanin gerissen, so fand sich jetzt keiner, der sich um sie, die darüber hinaus tüchtig und auch ziemlich hübsch war, beworben hätte. Sie blieb unverheiratet und starb wohl als Jungfrau. Doch wurde sie zu einer gerühmten Gestalt, sie zog von Ail zu Ail und gab auf alle Fragen, die man an sie richtete, eine unzweideutige, oft schonungslose Antwort und Vorhersagen, von denen viele eintrafen. Das mochte ihr, der Ehrgeizigen, Trost verschafft haben, welcher sie davon abgehalten haben mag, das zweifelhafte Gewerbe niederzulegen und zu dem gewohnten Leben zurückzukehren. Ihr Ende war ziemlich gewöhnlich, und mit nur kleinen Ähnlichkeiten mit dem der Ökpesch.

Dongur hingegen starb, um einen beliebten Ausdruck aus unserem Zeitalter zu gebrauchen, einen »heldenhaften« Tod. Eine Schar Kinder hatte auf einem am Ufer liegenden Floß gespielt, von dem der Strick riß, der es festhielt. Das Floß schwamm samt den Kindern davon, blieb aber über einer

Klippe im Fluß hängen. Um diese Zeit befand sich Dongur am Ufer. Er hätte ins Sumun-Zentrum laufen müssen, um Hilfe zu holen und die über alle Maßen erschreckten Kinder zu retten. Aber der Abstand war beträchtlich, und noch wichtiger war: Das hängengebliebene Floß inmitten der Strömung schwankte und schaukelte so stark, daß es sich von dem unsichtbaren Hindernis jeden Augenblick hätte loslösen und davontreiben können. So entschied er sich für den gefahrvollen, fast aussichtslosen, aber nahen Weg. Er zog sich aus und trat ins Wasser. Er war nicht nur in der Farbe, sondern auch in der Gestalt seiner Mutter Dshajnaasch nach geraten, war ein zierlicher, schmächtiger Mensch, der gerade aus dem Krankenhaus entlassen worden war; er hatte den ganzen Sommer über dort gelegen, denn er hatte Tuberkulose. Jetzt war tiefer Herbst, und er war unterwegs nach Hause. Das Wasser hatte erneut die grünliche Farbe vom Frühsommer bekommen, wälzte sich, krachend und schäumend, gewaltig dahin, weil die Wärme immer noch andauerte, in den Mittagsstunden sogar in Hitze überging, so daß immer noch tüchtige Bäche und Flüsse von den Gletschergipfeln auf die Täler hinabschnellten und letzten Endes im Chomdu mündeten. Hinzu kam der Regen, der gleich einem kurzen, heftigen Traum, meistens in den Morgenstunden oft als Hagel, über Berg und Steppe niederprasselte, und den Fluß reichlich speiste. Dennoch wagte sich der Mann, der dazu noch Nichtschwimmer war, in das Wasser. Doch hatte er zunächst Glück: Wankend und schwankend inmitten der Strömung, die ihn wie rasend von der Seite anfuhr, erreichte er, heil und lebendig, das Floß. Als er es aber berührte und sich erschöpft darüberlehnte, geschah, was er befürchtet hatte: Das Floß trieb davon. Dongur hing an dem Balken, den er wie einen Bruder umschlungen hatte, schwamm eine Weile mit und kam schließlich mit dem Zutun der Kinder auf das Floß. Er selber hatte mit Flößen nie zu tun gehabt, hatte aber wie alle Kinder vom Ufer aus oft zugesehen, wie Leute flößten. Nun mußte er mit einem Floß fertigwerden, das inmitten der Strömung wie ohnmächtig dahinjagte. Er war ein Mensch, der manches Geschick besaß, und so wußte er nach einigem Hin und Her, das Floß zu lenken. Nun mußte er, damit es nicht quer im Fluß lag, zwischen beiden Rudern hin- und herrennen. Da aber das Floß lang war, trieb die Strömung es schon wieder bis in die Flußmitte, bis er an dem anderen Ende rudern konnte. So wurde seine Mühe wieder und wieder zunichte gemacht. Die Kinder konnten ihm dabei fast nicht helfen, sie waren alle zu klein, um das Ruder, das aus einem ganzen, nur an einem Ende schmal gehauenen Lärchenstamm bestand, gegen die Strömung festzuhalten, geschweige denn, es dagegen zu bewegen. Dennoch gelang es ihm hin und wieder, das Floß aus der Flußmitte, wo die Strömung wütete, wegzubringen und warf jeweils eines oder zwei der zu Tode erschrockenen Kinder, die jegliche Fähigkeit verloren hatten, selber etwas zu tun, in Richtung Ufer, wo sie ins seichte Wasser fielen und bald den trockenen Uferkies erreichten. Auf diese Weise brachte er es fertig, alle Kinder dem Untergang zu entreißen. Nur sollte er es mit dem eigenen Leben bezahlen. Er hatte das Floß nicht verlassen. Den Berichten der Kinder zufolge hatte er auch weiter gegen die Strömung gekämpft, war von einem Ruder zum anderen gerannt. Wahrscheinlich hatte er kämpfend Mut bekommen und hatte auch das Floß, das wertvolle Bauholz retten wollen, das so viel Schweiß und Mühe gekostet hatte. Erst nach Tagen und sehr weit flußabwärts fand man seinen Körper. Er war unkenntlich geworden. Aber alle Ehre erwies man ihm. Er kam in einen Sarg, der innen am Boden mit erdgrüner und oben unter dem Deckel mit himmelblauer Seide, außen aber mit rotem und schwarzem Samt geschmückt war. Diesen Sarg fuhr ein großes Lastauto hinaus in die Scholuksteppe. Viel Volk war zusammengekommen, und es war ein Begräbnis ohne seinesgleichen bis dahin in diesem Winkel der Welt. Dongur blieb eine Zeitlang im Gespräch. Es hieß, man wolle ihm nachträglich einen Orden geben. Einige, die gerne übertrieben, machten daraus ein Denkmal. Es war seltsam, sich einen tuwinischen Jäger und Pferdehirten wie einen europäischen König, einen russischen Schriftsteller oder den Führer einer Revolution in Gips und Stein verwandelt vorzustellen. Manch einer beneidete den Schuumursohn, der drei Waisenkinder und eine hübsche, nette Witwe zurückgelassen und das Leben wohl noch vor dem Mittag beendet hatte. Allein, da tauchten die ersten Schwierigkeiten auf. Es hieß, man hätte bei der Bescheinigung für die höheren Stellen die Anzahl der von ihm geretteten Kinder nicht richtig angegeben. Zwölf hatte man geschrieben, aber in der Tat waren es nur acht, denn vier waren noch vor seinem Eingreifen ins Wasser gesprungen und hatten sich damit selber gerettet. Dies gab Grund zur Aufregung. Dem folgten weitere Hindernisse, zum Beispiel das Bedenken bezüglich der Rechtsgültigkeit der Zeugenaussagen. Das Ende vom Lied war: Die Geschichte erkaltete, geriet unter Staub. Hiermit ist jedoch nur die Geschichte mit dem Orden und mit dem Denkmal gemeint, denn einen, der, um andere zu retten, sein Leben hingibt, vergessen die Menschen nicht. Jene Kinder, die ohne ihn ihr Leben verloren hätten, sind inzwischen erwachsen, sind Väter und Mütter. Sie werden die Geschichte von dem mutigen, aber sterblichen Menschen ihren Kindern erzählen. Auch diese werden sie irgendwie weitergeben, und eines Tages wird eine Legende daraus. Da wir diese Gewißheit besitzen, können wir getrost über den Orden und das Denkmal hinwegschauen. Möge der Orden die Brust eines anderen, lebenden, der Anerkennung und des Lobes bedürftigen Menschen schmücken.

Tasaj war in der Armee gewesen, hatte die Stadt gesehen. Als er zurückkam, war Dongur tot. Ohne den älteren Bruder war ihm nun die Zukunft unvorstellbar. Er hätte sich höchstens um die Kinder des Bruders kümmern können, aber da ahnte er wohl schon, daß die Schwägerin, eine lebenshungrige, durchaus noch sehr schöne Frau, das Witwendasein nicht lange aushalten würde. So meldete er sich bei den Stellen, die Arbeiter brauchten. Als er ausreiste, nahm er sich ein Mädchen mit. Sie war noch nicht volljährig, und so hatte er Schwierigkeiten, die Ausreisegenehmigung für sie zu erhalten. »Zwecks späterer Heirat«, gab er als Grund an, weshalb er das Mädchen mitnehmen wolle. Man schmunzelte, versuchte ihm einzureden, daß er vorerst allein ausreisen und sich ein Haus anschaffen solle. Man nahm an, in südlichen Ländern, womit man die Ecken meinte, wohin die Leute ausreisten, würde man längst nicht mehr in Jurten hausen wie hierzulande, und dort würde es nicht schwer sein, sich ein Haus anzuschaffen. Tasaj meinte, es gäbe so viele junge Männer, die heiraten wollten, und einer von diesen könne ihm die Braut abspenstig machen. Es wurde hin- und hergeredet, bis der Bräutigam sagte: »Dann werde ich hierbleiben!« Darauf hörte er die Mahnung, daß er bestraft werden könne, da ein Vertrag eine staatliche Angelegenheit sei und man ihn auf keinen Fall verletzen dürfe. Tasaj wurde kampfeslustig: »Schuumur hatte zwei Söhne. Dem einen war sein Leben nicht zu schade, er gab es hin, als es darauf ankam, dem anderen wird das Geld nicht leid tun. Ihr wißt, ihr könnt es jederzeit wieder zurückhaben!« Er hatte die Herden seines Vaters verkauft, er hatte Geld, das wußte man. Aber nicht das war es, sondern, daß er den Tod seines Bruders erwähnt hatte. Es war gerade die Zeit, da der Orden und das Denkmal im Gespräch waren. Der Mann, der den Staat vertrat, überlegte, beschloß, eine kleine Ausnahme zu machen, und erteilte ihm die Ausreisegenehmigung für seine Braut. Tasaj nahm auch seine Schwester Schashynbaj mit, was eine gute Sache für diese war. Denn aus dem benachteiligten, ängstlichen Wesen, jenem Stiefkind des Lebens, wurde in der Fremde ein anderer Mensch. Zwar schielte sie immer noch, aber sie machte sich nichts daraus, denn sie sah wohl, nicht sie allein schielte, und in der Welt, die viel größer war als ihre einstige Welt, gab es noch weit schlimmer Benachteiligte als sie. Sie hatte einen gesunden und starken, gut abgehärteten Körper, sie konnte arbeiten. So war aus ihr eine namhafte Arbeiterin geworden. Sie bekam viele Auszeichnungen, sogar ein Medaille. Vielleicht bekommt sie eines Tages auch den Orden, jenen, der den Namen ihres toten Bruders und damit des Schuumurstammes schmücken sollte, wer weiß ... Wichtiger noch: Sie bekam ein Kind. Zwar fand sich kein Mann, der bei der Frau mit dem lauten Namen, dem gesunden, starken Körper, aber auch dem verfluchten Augenfehler geblieben wäre. Aber einer veranlaßte sie, daß sie Mutter wurde. Wir wünschen ihrem Kind Gutes, auf daß aus der im Grunde ihres Herzens glücklichen Mutter auch eine glückliche Großmutter werde.

Tasaj lebt heute in der Bezirksstadt Dsüüncharaa als Schichtarbeiter in einem Großbetrieb. Aus dem Mädchen, das er sich einst erkämpft hat, ist eine gute Frau geworden. Sie hat ihm fünf Kinder geboren und hat damit das Soll für den zweiten Grad des Ordens »Mutterruhm« erfüllt. Für das Werden und Wachsen der Kinder hat auch er seinen Teil geleistet. Damit wäre also auch er ein fast ruhmreicher Vater, doch erhalten diesen staatlichen Titel vorläufig nur die Mütter.

Die Schuumurnachkommen leben nach der Uhr. Ihre Vorfahren haben nach Sonne und Mond gelebt, und wie die Sterne gerade zueinander standen, hatte Bedeutung für ihr Leben gehabt. Dies ist ein großer Unterschied, doch kein allzu gewaltiger, zumindest nicht so, wie man angenommen hatte, als man den eigenen Winkel und die vertraute Lebensweise preisgab für ein fremdes Land und eine fremde Lebensweise, in der Hoffnung auf mehr Glück. Denn Sorgen und Freuden sind überall, sie gehen Hand in Hand, und sie machen nur im Zusammenwirken das Leben aus. Dem einen ist nicht zu entkommen, so wie das andere nicht erjagbar ist. Sie sind die beiden Hauptelemente, aus denen das Leben besteht.

Nicht ein Glückswind hat mir diese Weisheit zugeweht. Sie ist die Frucht einer Begegnung, die mir beschieden war. Von dieser Begegnung, die eigentlich ein Wiedersehen war, blieb in mir eine Kratzwunde, die mit der Zeit zwar aufhörte zu brennen und zu schmerzen, aber sie blieb, unverwischbar wie eine Narbe. Mein Journalistenlos führte mich zu der Stadt, in der das ungeahnte Wiedersehen stattfinden sollte. Die Spuren, auf denen ich mich zu bewegen hatte, waren vorgezeichnet und mit »Erfolgen« besät. Die Dargas nannten mir Namen, denen ich nachzuforschen hatte. Mit den dahinterstehenden Leuten sollte ich reden und diese Gesprächsinhalte dann in die Zeitung setzen. Solche Leute heißen die »Besten aus der Produktion«, und ein jeder Aimak, Sumun und Betrieb besitzt davon eine Handvoll. Kommen aber Gäste oder Reporter, werden »die Besten« wie Blumensträuße hingehalten, man soll durch sie hindurchschauen und ein Bild von der vielgerühmten, aber unsichtbaren Masse im Hintergrund erhalten. Gäste haben keine Wahlmöglichkeit, sie müssen sich damit begnügen, was man ihnen anbietet. Reporter können es anders haben. Nicht nur berechtigt, sondern auch verpflichtet sind sie, immer und überall nach der Wahrheit, nach dem Wesen zu suchen und es auf alle Fälle ausfindig zu machen. Ist aber einer neu oder bequem oder einfach unfähig, den Dingen auf den Grund zu schauen, dann nimmt dieser den Strauß von den besagten »Besten aus der Produktion« entgegen und gießt das, was er zu hören und zu sehen bekommt, in eines der Gefäße, Genres genannt, um damit die Leser oder die Zuhörer oder auch die Zuschauer zu bewirten: Hier bitte, Erfolge, die wir brauchen, greift zu ...!

Unter den Genannten war auch Tasaj. Nicht allein die Höflichkeit war es, die mich zu ihm trieb, ich war auch neugierig, einem ehemaligen Landsmann zu begegnen und zu sehen, wie ihm der Heldenkittel stand, und auch, wie er sich damit fühlte. Tasaj erkannte mich nicht wieder, er konnte es nicht, denn ich war beträchtlich jünger als er, und ich mußte noch ein kleines Kind gewesen sein, als er dem Altai den Rücken kehrte. Aber auch ich hätte ihn nicht wieder erkannt, obwohl er sich natürlicherweise nicht so sehr verändert haben konnte. Gut nur, daß ich seinen Namen, ebenso den seines Vaters in meinem Notizblock aufgeschrieben hatte. Der Mann war zurückhaltend, ja, unsicher. Ich sah sofort, er gehörte nicht zu den Leuten, die nach dem Heldendasein lechzten und die teils verdiente, teils aber gemachte Heldenrolle wie einen Schoppen Dessertwein, wie einen Happen Cremetorte genossen. Er meinte vielmehr, er verdiene es nicht, in die Zeitung zu kommen. Ich wollte wissen, warum. »Nicht aus Bewußtsein arbeite ich«, lautete die Antwort. »Sondern?« wollte ich wissen. Die Neugier hatte mich gepackt. »Um zu leben, und dies so gut, wie es geht.« »Und leben Sie gut?« »Ja, so ziemlich.« Das war schon ganz und gar nicht die Redensart, in der die »Besten der Produktion« erzogen werden. Ich konnte, ich mußte mit Fragen fortfahren. Und ich erfuhr nach und nach, daß er eine Jurte besaß, in der nichts an Wesentlichem fehlte. Ich wollte weiter wissen, ob er nicht zu all dem auch in seiner eigenen Heimat gekommen wäre. Er bejahte die Frage unbestimmt, wollte aber nicht ausführlich werden. Ich hielt es für angebracht, an dieser Stelle bekanntzugeben, wer ich war. Tasaj sah mich an, ich wußte, er suchte nach bekannten Zügen, und ich sah, er fand sie. Darauf erhob er sich, kam, wie mir schien, leicht taumelnd auf mich zu, faßte mich in der Art an, wie man Kinder anfaßt, beidhändig an den Wangen, und küßte mich dicht daneben, wo seine Daumen endeten. Seine Hände waren rauh, mußten auch hart und schwer sein, waren es aber jetzt nicht, seine Küsse wirkten angedeutet, es war damit mehr berochen als geküßt. Dreiunddreißig Jahre war er von der Heimat weg. Anfangs hatte man Briefe geschickt und auch welche bekommen. Ebenso waren Besuche gekommen, oder man hatte nach seinen Landsleuten gesucht und immer einen getroffen. Nun aber war es schon seit zehn Jahren oder länger anders. Die Fäden, die einen mit der Heimat verbunden hatten, waren einer nach dem anderen abgerissen. Dafür waren neue entstanden. Man hatte eine neue Heimat. Dieses und anderes erfuhr ich. Aber das war erst später. Vorher mußte ich auf seine Fragen antworten. »Wie hieß der denn noch, der Sohn von …, was macht er?« »Wie hieß die denn noch, die Tochter von …, was macht sie?« »Der aus der Sippe, der Name ist mir entfallen, warte, gleich …« Es waren alles ältere Leute, nach welchen er sich erkundigte. Ich kannte sie alle und wußte, was mit ihnen war. Sie waren meistens schon gestorben oder ausgewandert. Tasaj vernahm die Antworten immer wieder mit Kopfschütteln. Ob die Leute immer noch in Jurten lebten? Ob sie immer noch herumzogen mit ihren Jurten und Herden? Ob noch einer von den Schamanen am Leben war? Die Schashynbaj vielleicht? Oder der Mangnaj? Oder die Pürwü, die Frau von Sama? Ob immer noch Pferderennen stattfanden? Und der Ringkampf? Wessen Pferd am schnellsten und wessen Nachkomme heute der stärkste Ringer war? Und wie er hieß? Dann fragte er mich nach den Bergen, den Flüssen, den Tälern, den Steppen und den Seen. »Da ist alles an Ort und Stelle, so wie alles gewesen ist«, konnte ich nun getrost antworten. Außer den Wäldern und den Gebüschen, von diesen war nur noch wenig übriggeblieben. Aber seltsamerweise fragte er nicht danach. Vielleicht war, was nachwachsen konnte, nicht so wesentlich? Ich merkte, sein Gedächtnis war gut: Keinen, nicht einen Namen verwechselte er. Obwohl er bei Mongolisch blieb, sprach er die Namen auf Tuwinisch aus. Dann fragte er nach den Sommer-, Herbst-, Winter- und Frühjahrslagern. Und da stellte sich heraus, daß mir viele Namen nur von ungefähr bekannt und einige sogar ganz unbekannt waren. Den oberen Auslauf des Ak-Chem zum Beispiel kannte ich nur ungefähr, und die Namen der einzelnen Mulden und Hügel und ebenso, wer sie bewohnt hatte, waren mir nicht geläufig. Tasaj versuchte mir zu helfen: »Erinnere dich doch an den Hügel mit den drei violetten Steinen, von denen der linke wie ein hockendes Murmeltier aussah!«

Ich überlegte, konnte aber nicht auf den Hügel kommen, den er meinte. Allein, er blieb hartnäckig, zwang mich immer von neuem dazu, mein Gedächtnis anzustrengen. So begann er zum vierten Mal bei Dagylgalyg Meshelik, dem größten Hügel, an den ich mich noch recht gut erinnern konnte. Als er sah, daß sein Versuch, mich auf den bestimmten Hügel zu bringen, abermals scheiterte, sagte er ungehalten: »Wie kann man doch die Heimat vergessen!« Das klang wie ein Tadel. Mit einem Mal fragte er mich nach dem Winterlager in Gysyl-Ushuk. Ich wußte, daß es seinem Vater Schuumur gehört hatte, und so war ich auf die Frage vorbereitet gewesen. Doch wußte ich, daß ich ihm nichts verschweigen durfte, und so erzählte ich, was ich wußte. Und das war nicht wenig, auch nicht ungefähr. Denn Gysyl-Ushuk lag unweit vom Weg, auf dem ich zu den Schwarzen Bergen meines Vaters immer noch ritt. Dabei schaute ich mich im Winterlager fast jedesmal um. »Es ist bewohnt«, sagte ich, um ihn zu trösten. »Die roten Felsen liegen immer noch so, wie den Hang hinabgestreut, nur ist der Steinwallkreis, der einst dagewesen ist, nicht mehr.« »Was ist nun dort?« »Eckige Mauern und darüber ein Dach. Ein Kleinviehstall, so wie er heute überall steht.« »Und auf der Stelle, wo unsere Jurte gestanden hat?« »Eine Hütte wohl«, sagte ich ausweichend, denn ich wußte nicht, wo genau die Schuumurjurte gestanden hatte, und andererseits glaubte ich nun, das letzte Mal, und das war vor anderthalb Jahren, zwei oder drei Hütten um den Außenrand der Hürde herum gesehen zu haben. »Etwa fünfzehn Schritte linker Hand vom oberen der beiden Brocken stand unsere Jurte«, kam er mir lebhaft entgegen. Ich konnte ihm nicht helfen, denn so genau hatte ich mir das fremde Anwesen nicht angesehen, und nun konnte ich mich an solche Einzelheiten gar nicht erinnern. »Und die Schagaa?« bohrte er von neuem. »Hast du sie gesehen? Sie war stärker als ein Lärchenstumpf und höher als ein Mensch!« Ich konnte mich an die Schagaa noch aus meiner Kindheit erinnern. Zum

Neujahrsfest, was wiederum Schagaa heißt und der Steinsäule eigentlich ihren Namen gegeben hat, konnte man von unserem Winterlager in den Schwarzen Bergen die Rauchschwaden über zwei Flußtäler hinweg bis auf den Auslauf des Charaat beobachten. Gysyl-Ushuk war ja nur halb so weit, und so machten unsere scharfen Kinderaugen nicht nur den Rauch, sondern auch die Schagaa aus, die aus dem hellen Hintergrund dunkel, ja, mit einem bläulichen Schimmer, hervorstach. »Nun sind Schuumurs dran«, pflegte mein Vater zu sagen, wenn am Gysyl-Ushuk die Rauchschwaden sichtbar wurden. Bald verwandelte sich der dicke Qualm zu einem Faden, der sich bei günstigem Wetter, das um die Schagaazeit meistens herrschte, und in den Morgenstunden ohnehin, tintenblau und hauchdünn einige hundert Meter, einige Fangstricklängen dahinzog. So hatte ich auf die Schagaa genau geachtet, als ich später an dem Winterlager vorbeiritt. Ich sagte: »Man hat die Steine fürs Häuschen benutzt.« »Welches Häuschen?« fuhr Tasaj hoch, und es war leise geschrien. »Welches denn? Wir können von Leuten, die ihre eigenen Sitten haben, die zu den unseren stehen wie Wasser zum Feuer, nicht erwarten, sie würden auf unseren Schagaas Weihfeuer zünden, sich davor neigen oder gar sie zu Tempeln ausbauen!« Tasaj sackte zusammen. Ich sah es, obwohl er sich um keinen Fingerbreit rührte aus der Haltung, in der er gewesen war, und obwohl er auch nichts sagte. Nun wirkte er grau, müde und alt, wie mir schien, das glatte Gegenteil von dem, wie ich ihn als Reporter hätte darstellen sollen, zur »Erziehung der Leser« und zur Aufrichtung des Gemüts, zur bewußten Herstellung eines brauchbaren historischen Dokuments für alle Zeiten und alle Fälle. Später sagte er: »Also sind es nicht die unseren, die das Winterlager bewohnen?« »Nein!« Tasaj starrte blaß an mir vorbei. Die alte Aufregung, die mit der Erwähnung der Schagaa in mir erweckt worden war, hatte sich noch nicht gelegt, und nun dieses leidende Aussehen! Die Sperre, die ich in mir errichtet hatte, mußte sich lösen: »Niemand hat jemandem etwas weggenommen! Jemand hat etwas liegengelassen und ist davongegangen. Er hat nicht gesagt, daß er zurückkommen und seine Sachen zurückhaben wolle. Nein, er war auf und davon, so einfach ist das! Und dies in der Hoffnung auf größeres Glück, das man irgendwo gewittert hat. Seltsam nur, daß keiner, keiner begreifen will, daß er mit den Dingen auch das Recht liegengelassen hat, sie zu besitzen!« Die Blässe wich aus Tasajs Gesicht. Und es nahm neue Züge an. Ich mußte mich beeilen und entladen. So fuhr ich fort: »Das, was wir bedenkenlos liegenlassen, während wir schiefgetretene Schuhe, löcherige Strümpfe und verschimmelte Käse- und Quarkstücke sorgsam einpacken, heißt bei anderen Leuten Heimat und ist ein Heiligtum! Damit Gerechtigkeit sei: Auch bei unseren Vorfahren hieß und war es so, sie haben ihre Erde und alles, was darauf war, mit Blut und Leben verteidigt und aufbewahrt! Und wir, Sie, Sohn des Schuumur, und ich, Sohn des Schynykbaj, wir zwei haben es liegengelassen und regen uns nun darüber auf, wer und wie man es verwaltet, lächerlich!« Das war gewiß zu stark gesagt. Aber Tasaj wurde mir deswegen nicht böse. Er überwand sich und lud mich zu sich nach Hause ein.

Seine Jurte war städtisch, massiv und schmuck eingerichtet. Muß ich erwähnen, daß sie ein Radio, einen Kühlschrank, einen Fernseher und weitere Gegenstände enthielt, die unsere Vorfahren nicht gekannt haben, und daß im Fernseher Bilder aus anderen Ländern zu sehen waren? An die Frau konnte ich mich nicht erinnern, sie war aus einem anderen Flußtal. Tasaj nannte sie bei einem wohlklingenden mongolischen Namen, der zur Zeit ihrer Geburt in unserer Ecke unmöglich einheimisch gewesen sein konnte. Auch dem Mädchen, das mich keck begrüßte und einem prüfenden Blick unterzog, wurde ein prächtiger Name zugerufen. Es war das jüngste Kind, all seine Geschwister waren der elterlichen Jurte schon entwachsen. Einige davon sah ich, es waren schöne, energiegeladene Menschen, die in Eile zu leben schienen. Eine Menge Enkelkinder kamen und gingen mit. Ich versuchte mir Schuumur, den ich noch gesehen hatte, in diesem Familienbetrieb vorzustellen, wußte aber nicht, was für eine Rolle ich ihm hätte zuteilen sollen. Tasaj brachte mich ins Hotel zurück, er wäre wohl auch länger dageblieben. Aber mein nächster Interviewpartner war schon da, und wie ich an den Orden und Medaillen sah, ein weiterer und ein richtiger »Bester der Produktion«.

Mir war aufgefallen: Mein Landsmann vermied es, solange er unter Leuten war, auf Einzelheiten einzugehen, die ihn mit der Vergangenheit verbanden. So waren es allgemeine Dinge, alltägliche Sorgen und Freuden, Belanglosigkeiten, worüber wir uns bei ihm zu Hause unterhalten hatten. Dann aber, sobald wir wieder allein waren, setzte sich unser Gespräch fast dort fort, wo wir es unterbrochen hatten.

Er mußte mich dem Nächsten überlassen, und ich mußte mich wieder dem »Staatsgeschäft« widmen. Vorher aber nahm er mich für eine Minute auf die Seite: »Brüderchen«, sagte er auf Tuwinisch, im Halbgeflüster, »ich wollte dich in Gegenwart anderer Leute nicht blamieren, da ich das in unserer eigenen Sprache gesagt haben wollte. Und dies, damit du es vielleicht nicht vergißt: Ich will nicht in der Zeitung erwähnt sein. So eine kleine aufgeputzte Puppe, die einen Helden darstellen soll, nein, man wird zum Gespött der anderen, und man hat auch ein schlechtes Gewissen vor sich selber. Wenn du aber unbedingt etwas schreiben willst, so schreibe über meinen Bruder, der im Flußwasser ertrunken ist. Er war ein Held! Auch mein Vater, heißt es, wäre fast einer geworden, er war sogar verwundet von einer Gewehrkugel. Man sagt, du hättest über Dshaniwek und seinen Sohn Bajnak geschrieben, warum dann nicht auch über Schuumur und seinen Sohn Dongur? Aber nicht über mich!« Er sprach Tuwinisch wie einer, der noch im Flußtal des Ak-Chem ansässig war. In den dreiunddreißig Jahren, von denen er wie von einer Ewigkeit gesprochen hatte, war ihm seine Muttersprache kein bißchen fremd geworden. Vielleicht hatte er wenigstens in den ersten Jahren die Sprache seiner Mutter weiterbenutzt, so wie er ein Hemd oder eine Hose aus seinem Auswanderergepäck weitergetragen haben mochte, bis sich das Kleidungsstück abgenutzt hatte, vielleicht hatte er immer noch einen Rest von seinem früheren Leben, der an seinem jetzigen klebte wie ein unabwaschbarer Fleck. Vielleicht hatte er einen Freund oder die Schwester, jemanden, mit dem er sich ab und zu zurückflüchtete in die Sprache, die ihm bei der Entdeckung und Aneignung der Welt und des Lebens hilfreich gewesen war wie eine Mutter? Während diese Gedanken durch meinen Kopf gingen, faßte er mich wieder an den Wangen und küßte mich eben dorthin zweimal. Das widersprach aber unserer Sitte: Er hätte eine Wange ungeküßt lassen sollen, für später, für das Wiedersehen. War diese Sitte seinem Gedächtnis doch entrutscht, das so dicht alles zu enthalten schien, was einmal hineingeraten war? Oder glaubte er wirklich nicht mehr daran, daß wir uns wiedersehen würden? Und dies, nachdem wir uns wiedergefunden hatten und nun wußten, wo und wie wir waren? Lange dachte ich über den Abschied nach und gelangte schließlich zu der Einsicht: Wir waren zwei Tröpfchen eines Teiches, den der Sog der Zeit in Bewegung gesetzt und ins Fließen gebracht hatte. Zufällig und belanglos war, daß wir uns getroffen hatten, und nichts würde, so sehr wir uns künftig auch anstrengen mochten, imstande sein, daran etwas zu ändern; der Wurf war gefallen. Jede Mühe, den versiegenden Teich zu retten, glich jenem Dshargak, den man sich umhing, nachdem das Gewitter bereits herabgestürzt war. Unaufhaltbar war der Abfluß, unbeeinflußbar die Flußrichtung. Ein Gesetz wirkte: Das Meer zog den Teich an. Das Sterben war im Gange. Aber es war ein Sterben, das Leben gebar. Nur war es ein anderes Leben. Also würden von nun an auch andere Geschichten erzählt werden.

# Worterklärungen

*Aga, Agaj (tuw.)* – Anrede für Bruder, Onkel
*Ail, Aul* – Jurtengehöft
*Aimak (mong.)* – Verwaltungseinheit, Bezirk
*Altai/Chomdu-Altai* – tuwinischer Teil des Altai
*Ata (kasachisch)* – Vater
*Awaj (tuw.)* – Anrede für Schwester, Tante
*Baj (türk.)* – Reicher
*Bajbische (kas.)* – höfliche Anrede für eine ältere Frau; eigentlich die erste Ehefrau
*Batyr (kas.)* – Recke, Held
*Beg (tuw.)* – Fürst
*Chara-Chöjük* – tuwinischer Stamm
*Charlyg-Chaarkan* – der heilige Berg der Tuwiner, ca. 4000 m hoch
*Chatgyyr (tuw.)* – Spitzhütte, Jurte ohne Gitterwand, die nur aus Dachstreben besteht
*Choitpak (tuw.)* – gesäuerte, alkoholhaltige Yakkuh- oder Schaf- bzw. Ziegenmilch
*Chomdu* – der größte Fluß der Tuwiner, bedeutet wörtlich gefährlicher Fluß
*Chuda (tuw.)* – die Eltern von Verheirateten sind einander Chuda
*Chudagyj (tuw.)* – weibliche Form von Chuda
*Churaj (tuw.)* – gutgemeinter Zuruf an Himmel, Berge etc.
*Darga (mong.)* – Vorsitzender, Vorsteher
*Dastarkan (kas.)* – ein großes Tuch, auf dem Eßbares ausgebreitet wird
*Delegej (tuw.)* – Jurte ohne Dachreifen, provisorische Behausung
*Dokpak* – Schlachtinstrument aus Holz; Keule

*Dokpak-Chara* – tuwinischer Stamm

*Dör (tuw.)* – gegenüber der Tür gelegene Ehrenseite in der Jurte; hier sitzen der Hausherr und die älteren männlichen Gäste

*Dshagy* – Fellkleidung mit Haaren nach außen

*Dshargak (tuw.)* – Rock aus glattem Leder

*Dshitschij (tuw.)* – beruhigender Zuruf an Ziegen beim Melken

*Dsüüncharaa* – kleine Industriestadt im Norden der Mongolei; Bezirksstadt

*Gadyn (tuw.)* – Fürstin

*Gashyk (tuw.)* – Spielknöchel

*Gögeer (tuw.)* – Sack aus Yakfell zum Aufbewahren von Sauermilch

*Gürgüi (tuw.)* – beruhigender Zuruf an Yakkühe beim Melken

*Guruj* – Zuruf an ein Pferd, um es herbeizulocken

*Gurut (tuw.)* – getrocknete, größere Quarkstücke

*Irgid* – der größte Stamm der Tuwiner

*Jahr des Weißen Affen* – 1943/44

*Jurte (mong.)* – transportable Behausung Zentralasiens; mit Filz gedecktes hölzernes Gerüst

*Kunanbaj (-Batyr)* – der Recke Kunanbaj

*Kys-Kuar-Rennen (kas.)* – ein Spiel, das daraus besteht, daß eine Frau einem Mann nachreitet und ihn auspeitscht, falls sie ihn einholt

*Lawschak (tuw.)* – Obergewand für den Sommer

*Öreme (tuw.)* – Milchrahm

*Pürwü* – die letzte große Schamanin der Tuwiner, eine Tante des Autors

*Schagaa (tuw.)* – Mondneujahrsfest; gleichzeitig Steinhaufen, auf dem man bei diesem Fest Feuer anzündet

*Scharbing (tuw.)* – in Fett gebackene Fladen

*Schwarzes Unwetter* – Unwetter ohne Schnee; Landsturm und Kälte

*Schyity* – Gewehr

*Sogum (tuw.)* – Viehschlachtung für den Wintervorrat

*(Weiße) Sojanen* – eine der Hauptgruppen der Tuwiner neben Schwarzen Sojanen und Blauen Montschoogen

*Sumun (mong.)* – Verwaltungseinheit, kleiner als Aimak; Landkreis

*Tajshy (tuw.)* – Bezeichnung für Fürstenkinder; Prinz, Prinzessin

*Teeziegel* – gepreßter Tee, diente bei mongolischen Völkern lange Zeit auch als Tauschmittel

*Toega (tuw.)* – beruhigender Zuruf an Schafe beim Melken

*Tokal (kas.)* – zweite Frau

*Ton (tuw.)* – mantelartiges Obergewand für die kältere Jahreszeit

*Toortschak (tuw.)* – eine Art Mütze

*Urianchai* – nationale Minderheit in der Westmongolei; ethnisch handelt es sich hier um Tuwiner, die ihre Muttersprache aufgegeben haben und zur mongolischen Sprache übergewechselt sind

*Yak* – langhaarige Rinderart des zentralasiatischen Hochgebirges

# Galsan Tschinag

Galsan Tschinag, eigentlich Irgit Schynykbaj-oglu Dshurukawaa, kommt 1943 im Altai-Gebirge in der Westmongolei zur Welt. Seine Geburts- und Wohnstätte ist eine Jurte und seine erste Lehrerin eine Schamanin. Es sind die Gesänge und Epen seines Volkes und die Natur der Bergsteppe, die ihn prägen.

Nach Abschluß der Zehnklassenschule schlägt er ein Angebot, in Moskau zu studieren, aus und gerät 1962 nach Leipzig, wo er Deutsch lernt und und Germanistik studiert. Seitdem schreibt er unter anderem auf Deutsch; Erwin Strittmatter wird neben der Schamanin, die seine Sinne für die Dichtung und den Gesang schärft, zu seinem wichtigsten Lehrmeister.

1968 kehrt er in die Mongolei zurück und lehrt an der Universität in Ulaanbaatar Deutsch, bis er 1976 wegen »politischer Unzuverlässigkeit« mit einem Berufsverbot belegt wird. In den folgenden Jahren lebt er als Übersetzer und Journalist. 1981 erscheint in Ostberlin sein Erstlingsbuch, »Eine tuwinische Geschichte und andere Erzählungen«, in deutscher Sprache. 1991 wird die Titelgeschichte in der Mongolei verfilmt. Es entstehen in dichter Folge Erzählungen, Romane und Lyrikbände, vor allem in deutscher Sprache. 1992 erhält er den Adelbert-von-Chamisso-Preis, 1995 den Puchheimer Leserpreis und 2001 den Heimito-von-Doderer-Preis. 2002 wird ihm das Bundesverdienstkreuz verliehen. Seine Werke werden in über ein Dutzend Sprachen übersetzt.

1995 erfüllt sich Galsan Tschinag einen Traum: Über zweitausend Kilometer führt er die Tuwa-Nomaden, die in den sechziger Jahren zum Teil zwangsumgesiedelt wurden, in die angestammte Heimat im Hohen Altai zurück.

Heute bemüht er sich um die Verwirklichung verschiedener kultureller und wirtschaftlicher Projekte, um dem Nomadentum das Überleben zu sichern.

# Der Verein »Freunde des Altai e. V.«

»Dsud« nennen die Mongolen verheerende Naturkatastrophen, die während eines Menschenalters höchstens zwei-, dreimal vorkommen. Nun erleben die Hirtennomaden in den Jahren 2000 und 2001 hintereinander zwei Kältewinter. Millionen Tiere sind bereits verendet, die Nomaden sind in ihrer Existenz bedroht. Der Wechsel von der Planwirtschaft zur freien Marktwirtschaft hat zudem im letzten Jahrzent zu einem abrupten Wandel geführt. Der Verlust der traditionellen Strukturen zeichnet sich ab.

In dieser Situation hat eine Gruppe von Persönlichkeiten, darunter der Autor Galsan Tschinag und die Ethnologin Amélie Schenk, den Verein »Freunde des Altai e. V.« ins Leben gerufen.

Vorerst geht es darum, tatkräftig den Nomaden beizustehen, die um die Rettung ihrer Herden kämpfen. Der nächste Schritt ist, sich gemeinsam gegen die immer wiederkehrenden Naturkatastrophen zu rüsten. Und schließlich geht es um den Erhalt eines großen Lebensraumes und der Nomadenkultur – und um eine Brücke zwischen Ost und West, die Verständnis für die jeweils andere Lebensform wecken soll. Ein Begegnungszentrum in der Westmongolei ist im Aufbau, ebenso eine Lehr- und Lernstätte zur Wissensvermittlung und Weiterbildung. Ein Umschlagplatz für nomadische Handwerkserzeugnisse ist vorgesehen.

Der Verein ist für jegliche Unterstützung dankbar und hofft auf recht viele begeisterungsfähige Mitglieder.
Informationen durch:

Freunde des Altai e.V. (www.freunde-des-altai.org)
Postfach 10 18 09, D - 28018 Bremen
Tel. +49-421-223 888 0, Fax +49-421-223 888 3
Deutsche Bank, Konto: 53 40 40, BLZ 690 700 24

# Asien im Unionsverlag

**Amélie Schenk / Galsan Tschinag** *Im Land der zornigen Winde*
Der tuwinische Erzähler Galsan Tschinag mit dem persönlichsten seiner Bücher: Im Austausch mit der Völkerkundlerin Amélie Schenk ist eine Liebeserklärung an das Nomadenleben entstanden, ein tiefer Blick in die Geheimnisse einer untergehenden Kultur, eine rückhaltlose Bilanz der Wanderungen zwischen Ost und West.

*Erzähler aus Tibet – An den Lederriemen geknotete Seele*
Die Neuentdeckung einer uralten Zivilisation und einer jungen Literatur. »Die Autoren setzen auf Ironie, Magie, provozierende Verfremdung und durchbrechen Zeit- und Erzählebenen.« *Dresdner Nachrichten*

**Zhang Jie** *Abschied von der Mutter*
Mit unerbittlicher Ehrlichkeit erzählt Zhang Jie über ihre Unfähigkeit, von der todkranken Mutter Abschied zu nehmen. Durch Krieg, Hunger und die Wirren der Revolution stützten sich Mutter und Tochter gegenseitig in den Härten eines Alltags ohne Ehemann und Vater.

**Lu Xun** *Applaus*
Mit Lu Xun begann die moderne chinesische Literatur, und bis heute ist es ihre prägende Leitfigur geblieben: ein Erzähler und Denker von stupender Aktualität, in dessen Werk Melancholie und Militanz, Ironie und Trauer verschmelzen.

**Duong Thu Huong** *Roman ohne Namen*
Der Krieg in Vietnam geht seinem Ende zu, doch je näher die Befreiung rückt, desto mehr schwinden die Hoffnungen. Denn der Krieg hat auch den jungen Quan gezeichnet.

**Mochtar Lubis** *Dämmerung in Jakarta*
Mochtar Lubis entwirft in kräftigen Bildern das Panorama einer Großstadt – die Welt der Kaufleute, Beamten, Politiker, Schurken, der debattierenden Intellektuellen und der ewig zu kurz Kommenden.